LOURENÇO CAZARRÉ
Ilustrações
GIZÉ

O motorista que contava assustadoras histórias de amor

Obra adquirida pela Secretaria Municipal de Educação
do Rio de Janeiro e pela Coordenadoria dos Núcleos
de Ação Educativa – Conae, da Secretaria Municipal
de Educação do Município de São Paulo
Selecionado para o Programa Cantinho de Leitura (MG)
e para o Salão Capixaba – ES

2ª edição
4ª tiragem
2012
Conforme a nova ortografia

Rua Henrique Schaumann, 270
CEP 05413-909 – Pinheiros – São Paulo-SP
Tel.: PABX (0**11) 3613-3000
Fax: (0**11) 3611-3308
Televendas: (0**11) 3613-3344
Fax Vendas: (0**11) 3611-3268
Atendimento ao Professor: 0800-0117875
Endereço Internet: www.editorasaraiva.com.br
E-mail: atendprof.didatico@editorasaraiva.com.br

Revendedores Autorizados

Aracaju: (0**79) 3211-8266/6981
Bauru: (0**14) 3234-5643
Belém: (0**91) 3222-9034/3224-9038
Belo Horizonte: (0**31) 3429-8300
Brasília: (0**61) 3344-2920/2951
Campinas: (0**19) 3243-8004/8259
Campo Grande: (0**67) 3382-3682
Cuiabá: (0**65) 3632-8898/8897
Curitiba: (0**41) 3332-4894
Florianópolis: (0**48) 3244-2748/3248-6796
Fortaleza: (0**85) 3307-2350
Goiânia: (0**62) 3225-2882/3212-2806
Imperatriz: (0**99) 3072-0409
João Pessoa: (0**83) 3241-7085
Londrina: (0**43) 3322-1777
Macapá: (0**96) 3223-0706
Maceió: (0**82) 3221-0825
Manaus: (0**92) 3633-4227
Natal: (0**84) 3211-0790
Porto Alegre: (0**51) 3371-4001/1467/1567
Porto Velho: (0**69) 3211-5252/5254
Recife: (0**81) 3421-4246
Ribeirão Preto: (0**16) 3610-5843
Rio Branco: (0**68) 3223-8945
Rio de Janeiro: (0**21) 2577-9494
Salvador: (0**71) 3381-5854/5895
Santarém: (0**93) 3523-6016
São José do Rio Preto: (0**17) 3227-3819/0982
São José dos Campos: (0**12) 3921-0732
São Luís: (0**98) 3243-0353
São Paulo: (0**11) 3616-3666
Serra: (0**27) 3204-7474

Copyright © Lourenço Cazarré, 1999

Editor: ROGÉRIO GASTALDO
Assistentes editoriais: ELAINE CRISTINA DEL NERO
　　　　　　　　　　　 ELOÍSA DA SILVA ARAGÃO
　　　　　　　　　　　 NAIR HITOMI KAYO
Secretária editorial: ROSILAINE REIS DA SILVA
Preparação de originais: CARMEM T. SIMÕES COSTA
Suplemento de leitura: MÁRCIA GARCIA
Coordenação de revisão: LIVIA MARIA GIORGIO
Gerência de arte: NAIR DE MEDEIROS BARBOSA
Supervisão de arte: VAGNER CASTRO DOS SANTOS
Diagramação: ALEXANDRE SILVA

Dados Internacionais de Catalogação na Publicação (CIP)
(Câmara Brasileira do Livro, SP, Brasil)

Cazarré, Lourenço
　　O motorista que contava assustadoras histórias de amor / Lourenço Cazarré ; ilustrações Gizé. — São Paulo : Saraiva, 1999. — (Jabuti)

　　ISBN 978-85-02-03034-3
　　ISBN 978-85-02-03036-7 (professor)

　　1. Literatura infantojuvenil I. Gizé. II. Título. III. Série.

99-3979　　　　　　　　　　　　　　　　CDD-028.5

Índices para catálogo sistemático:

1. Literatura infantojuvenil　028.5
2. Literatura juvenil　028.5

Todos os direitos reservados à Editora Saraiva

Impressão e acabamento: Yangraf Gráfica e Editora

O motorista que contava assustadoras histórias de amor

LOURENÇO CAZARRÉ

Apreciando a Leitura

■ Bate-papo inicial

Quem não gosta de ouvir uma boa história? Ainda mais quando são contadas muito detalhadamente, como se fossem verdadeiras, deixando-nos curiosos para saber o que vem a seguir. Seu Vereveveco é desses contadores que atraem a atenção dos ouvintes, ainda mais porque conta histórias que misturam suspense e amor, assuntos que agradam tanto aos meninos como às meninas.

Os alunos do Grupo Escolar São Vicente de Paula têm a oportunidade de ouvir essas histórias durante a excursão ao castelo da Pedra Fria e ao palacete do barão de Águas Escuras. Ali, em terras gaúchas, guiados pelas palavras sedutoras de Seu Vereveveco, Candinho e sua turma penetram num universo sobrenatural em que até os mortos podem viver um grande amor.

■ Analisando o texto

1. Quem narra a história que você acaba de ler? De que ponto de vista é feita a narração?

R.: _____

_____

_____

2. Quem conta as "assustadoras histórias de amor"? Qual é o clima dessas narrativas?

R.: _____

_____

_____

3. Na narrativa, observam-se três momentos distintos. Indique cada um deles, colocando-os em ordem cronológica.

R.: _____

_____

_____

_____

_____

_____

_____

4. As histórias narradas por Seu Vereveveco estão sempre associadas a lugares misteriosos. Durante a excursão, qual é o clima entre os alunos?

R.: _____

_____

_____

5. Qual é a relação entre Virgílio e Bela e a Gruta do Choro Eterno?
R. _____

6. Por que Agatha disse que só se casaria com o barão se pudesse morar, no Brasil, num casarão idêntico ao de sua família em Londres?
R.: _____

7. Das três histórias narradas por Seu Vereveveco, qual é a sua preferida? Por quê?
R.: _____

8. Todos os colegas de Candinho têm um apelido. Justifique cada um deles a partir de suas características.

Sabichona: _____

Desmancha-Prazeres: _____

Paulão: _____

Mosca-Tonta: _____

Alemoa Batata: _____

9. Avaliando seu tempo de escola, a imagem que o narrador tem de si é positiva ou negativa? Justifique sua resposta.
R.: _____

Linguagem

10. Para caracterizar melhor objetos, lugares e personagens, o narrador se vale de comparações que podem ter efeito humorístico, ou seja, engraçado, ou pejorativo, quer dizer, depreciativo.
Leia os exemplos a seguir e indique o efeito de sentido de cada um:
a) "O vento está mais frio que focinho de porco."
R.: _____

b) "[...] espantamos as meninas, que fugiram berrando como pequenas ambulâncias."
R.: _____

c) "O veículo [...] era de um modelo antigo, arredondado, que lembrava um hipopótamo ajoelhado."
R.: _____

11. Explique o significado dos seguintes provérbios. Se for necessário, peça ajuda a pessoas mais velhas.

a) "Não meta a mão em cumbuca!"

R.: _____

_____

b) "Pare de ver chifre em cabeça de cavalo!"

R.: _____

_____

Pesquisando

12. Você conhece a história do Rio Grande do Sul?
Não? Então aproveite esta oportunidade e faça uma pesquisa sobre a Guerra dos Farrapos. Indique seus objetivos, o tempo de duração, os grupos sociais envolvidos e o resultado obtido por esse movimento.

13. Faça uma pesquisa relacionando o levante federalista de 1893 ao governo de Floriano Peixoto. Procure saber quem estava à frente desse movimento e o que desejavam do Presidente da República.
Se necessário, peça a ajuda de seu professor de História.

■ Redigindo

14. Você e seus colegas podem organizar *O dicionário de Candinho*, colocando em ordem alfabética todas as palavras selecionadas pelo narrador. Depois de cada palavra, acrescentem as informações referentes à categoria gramatical e, em seguida, seus diversos significados.
Quando o trabalho estiver concluído, criem uma capa para o mais novo dicionário da língua portuguesa.

15. Se você fez uma leitura atenciosa, percebeu que neste livro há três histórias menores dentro de uma maior.
Agora faça o mesmo: faça uma narrativa de enigma ou aventura que contenha outra. O narrador da história principal deve ser em primeira pessoa. Escolha o assunto que quiser e, se preferir, mantenha o clima de suspense da narrativa original.

Sugestões de leitura

RAMOS, Ricardo (org.). *A palavra é mistério*. São Paulo: Scipione, 1988.

REGO, José Lins do. *Histórias da velha Totônia*. 5. ed. Rio de Janeiro: José Olympio, 1981.

VON LINSINGEN, Luana. *A casa de Hans Kunst*. São Paulo: Saraiva, 1997.

WILDE, Oscar. *O fantasma de Canterville*. Rio de Janeiro: Marco Zero, 1986.

Para qualquer comunicação sobre a obra, escreva:
Editora Saraiva
Editorial Paradidático e de Interesse Geral
R. Henrique Schaumann, 270
CEP 05413-909 São Paulo – SP
e-mail: paradidatico@editorasaraiva.com.br

Escola: _____

Nome: _____

_____

Ano: _____ Número: _____

Sumário

Uma memória terrível 5
Chega de perguntas imbecis! 7
Só para não morrer burro 9
Atraindo a desgraça 11
O contador de casos de assombração 12
A menina mais linda do mundo 15
Não cantem musiquinhas idiotas 17
O inquietante diálogo das meninas 20
Traseiro é uma palavra normal 21

    A misteriosa menina do baile 23
    Garotinho sapeca 24
    O baile 25
    O casal mais bonito 26
    Conversa de namorados 28
    Cavalgando nos dias de sol 30
    Menino arteiro 31
    Cavalos inquietos 32
    Viagem pela noite escura 33
    À beira da morte 36
    Em busca de Cinderela 37
    Queimado pelo fogo da paixão 40
    A marca de Cinderela 41
    A casa entre as figueiras-bravas 42
    A grinalda de flores de laranjeira 43
    Uma garotinha muito arteira 45
    Um tombo terrível 47
    Dessas florzinhas aí 49

Desafiando o motorista 50
Alma penada, assombração e vampiro 52

Maldita excursão de colégio 54
Tem gente demais nesta sala 56
Figuras horríveis nas paredes 58
Um olhar cheio de interrogações 60
O restaurante do fim do mundo 61
A fome é o melhor tempero 62

> *O barão Casmurro e a inglesinha* 65
> *Sete mortes misteriosas* 67
> *Pobre-diabo milionário* 69

Espíritos não mudam de casa 71
O maravilhoso quarto da inglesinha 72
Corram, pulem, gritem bastante 74
A Gruta do Choro Eterno 75
Pior que a entrada do inferno 77
Uma beijoca na bochecha 79
O pranto das almas penadas 82
Acabamos com a pobre mulher 84

> *O trágico amor de Virgílio e Bela* 85
> *Mil frases bobas* 87
> *Debaixo da terra* 89

Fim de viagem com susto e xingamento 90
Fim de viagem, começo de namoro 93

Uma memória terrível

A cidade onde nasci, Pelotas, no Rio Grande do Sul, é uma terra de contadores de casos. Meu avô, por exemplo, era dos melhores. Contava mil e uma histórias para mim e para os outros garotos da rua de Nossa Senhora da Luz, onde morávamos. Mas, por melhor narrador que fosse, vovô não superava seu Vereveveco, o motorista de um ônibus escolar.

Em 1975, quando estava para me formar em Jornalismo, fui incumbido pelo jornal da faculdade de entrevistar um contador de histórias. Lamentei que meu avô tivesse morrido pouco antes, mas, depois de refletir um bocado, lembrei-me do velho motorista. Resolvi procurá-lo.

Com a ajuda de amigos, localizei-o. Estava com 86 anos, totalmente lúcido. Não guiava mais, entretanto ainda mantinha o velho ônibus na garagem, brilhando. Todo dia passava uma flanela nele, polia os cromados, varria o corredor.

Gravador em punho, pedi a seu Vereveveco que me contasse umas histórias. Ele me olhou por muito tempo antes de perguntar:

— Você, por acaso, não era um gordinho quatro-olhos que acabou todo embarrado na visita ao palacete do barão, em 1964?

— Claro! — espantei-me. — Como o senhor se lembra de mim?

— Tenho uma memória terrível. Não esqueço nada. Nem eu mesmo sei como guardo tantas coisas dentro da cachola. Lembro até que, quando chegamos da excursão, seu avô passou um pito em você.

— Cacilda! — exclamei. Nem mesmo eu, o xingado, me lembrava mais daquele episódio, ocorrido há mais de dez anos. — Se o senhor se lembra da minha cara, certamente se lembra das histórias que nos contou.

— Claro. Contei as minhas três histórias prediletas. Liguei o gravador.

Com sua voz rouca, que sofria pequenas alterações cada vez que reproduzia a fala de um personagem, seu Vereveveco recontou os casos da misteriosa menina do baile, da inglesinha do barão e do amor entre Virgílio e Bela.

Mas foi além. Sua formidável memória permitiu que ele reproduzisse, para mim, frases da professora que nos comandou na excursão, a estressada dona Rute. Foi muito mais além: lembrou-se das perguntas idiotas do Mosca, das gozações do Paulão, da "sabedoria" da Sabichona e do pessimismo da Desmancha.

Gravei tudo o que falou durante as duas horas em que estivemos juntos. Na época, escrevi apenas um resumo das três histórias para o jornal da faculdade.

Agora, passados quase trinta e cinco anos da excursão, decidi, com base na gravação que fiz com seu Vereveveco, misturada às minhas lembranças, recriar o passeio de que participei com meus colegas de sala a dois museus do interior do Rio Grande do Sul.

Entre as evocações feitas pelo motorista, que se recordava dos nomes e das feições de todos os alunos daquela turma, uma foi mais marcante. Ele se lembrava até mesmo da garota que fora a minha primeira namorada. Passemos à história daquela excursão.

Chega de perguntas imbecis!

Numa certa segunda-feira, no mês de junho do distante ano de 1964, diante dos alunos do quinto ano primário do Grupo Escolar São Vicente de Paula, dona Rute anunciou:

— Na próxima sexta-feira, finalmente, vamos fazer a nossa grande excursão.

— Oba! — berrou Paulão, pulando na carteira e batendo palmas. E a classe se pôs a imitá-lo. — Oba, oba, oba!

Embora já soubéssemos da viagem, aguardada com ansiedade desde o início das aulas, comemoramos bastante. Berrar, saltar e fazer barulho era sempre um jeito de provocar a raiva da nossa irritadiça professora.

— Silêncio! — gritou dona Rute. — Se vocês não se comportarem bem até lá, cancelo a viagem.

Por mais um minuto, continuamos a gritar como caubóis de filme, porque sabíamos que ela não poderia desistir daquele passeio que todo ano se repetia para os alunos da quinta série. Quando nos calamos, ela prosseguiu:

— Não se trata de viagem de turismo, é uma excursão de estudo. Primeiro, visitaremos o castelo da Pedra Fria, onde residiu o general Roberto Brasão, herói de muitas guerras e revoluções que tivemos no passado. Lá existe um museu militar muito importante. Depois, já na volta, conheceremos o palacete do barão de Águas Escuras, onde funciona um museu de móveis, roupas, utensílios e carros do século passado.

— Desde o início do ano estou esperando ansiosamente por essa visita — disse a Alemoa Batata, lançando um olhar estranho em minha direção.

— Não é uma viagem tão impressionante assim — exibiu-se a Sabichona. — O castelo fica a apenas cem quilômetros daqui, e o palacete do barão não chega nem a cinquenta quilômetros.

— A distância não interessa. O importante é que as estradas para lá são muito ruins e a viagem acaba sendo demorada e perigosa — retrucou a Desmancha-Prazeres.

— Exijo que todos se comportem muito bem durante a viagem — insistiu a professora. — Iremos com o seu Vereveveco. A escola sempre aluga o ônibus dele.

— Dona Rute, dizem que esse velho faz questão de rodar bem devagarinho que é para poder contar umas histórias furadas para os alunos — meteu-se a Desmancha.

— Cale a boca, Desmancha! Se não, eu arranco seu nariz a tapa — ameaçou Paulão, em voz baixa.

Paulo Hermógenes, o Paulão — um metro e noventa, cem quilos —, não gostava que irritassem a professora. Só uma pessoa naquela sala podia contrariar dona Rute: ele mesmo.

Embora caminhasse olhando para o chão a fim de não esmagar uma formiga, Paulão vivia ameaçando bater e arrebentar. Também fazia pose de mau aluno, mas sempre estudava um pouquinho para tirar nota superior a cinco. Era o líder dos meninos.

— Garoto asqueroso! — retrucou a Desmancha, e virou a cara.

Alta, magra, Carlota Maria, a Desmancha, tinha um narigão pontudo que ela fazia questão de manter sempre em pé, como se estivesse com nojo dos colegas. Ganhara aquele apelido porque sempre arrumava um jeito de botar defeito em tudo.

— O museu do castelo contém principalmente armas, uniformes de soldados e bandeiras de regimentos — continuou a professora. — Já o palacete, que é bem menor, está cercado por belos jardins e por um bosque de árvores centenárias.

— Dizem que o barão de Águas Escuras construiu o palacete só para receber sua esposa, uma mocinha inglesa. É verdade, professora? — insistiu a Sabichona.

— Parece que sim, Jandira — respondeu a professora, impaciente.

Jandira, a Sabichona, como o apelido informa, era a sabe-tudo. Sardenta, tinha cabelos ruivos divididos em duas tranças laterais, que lhe tapavam as orelhas. Gorducha, baixinha, ela não perdia ocasião de deixar bem claro para nós, seres humanos comuns, quem é que sabia mais naquela turma. Metia-se em tudo o que a professora dizia. Raramente tirava nota inferior a dez. Se por acaso tirasse um nove e meio, entrava em depressão.

— Dizem que tanto o castelo quanto o palacete são mal-assombrados. É verdade, professora? — perguntou a Desmancha.

— Isso é pergunta que se faça, Carlota Maria? — irritou-se dona Rute.

— Tanto o castelo quanto o palacete devem ter sido construídos num tempo em que não havia nem luz elétrica nem água encanada, não é, professora? — quis saber o inteligentíssimo Mosca.

— Chega de perguntas imbecis! — disse dona Rute, e encerrou a aula daquele dia.

Só para não morrer burro

Na saída, comentei com Paulão o assunto que mais me interessava naquele momento:

— O que você achou daquele negócio que a Desmancha falou? Será que o castelo e o palacete são mal-assombrados?

Eu não era dos garotos mais valentes da turma. Aliás, era um banana. Gorducho, cabelo cortado no estilo escovinha, óculos de lentes grossas, eu era o protótipo do que na época se chamava um "bundinha".

— Que mal-assombrados que nada, Candinho! Se encontrar um fantasma por lá, vou logo sentando um tapa na cara para ele saber quem é mais homem.

— Essa viagem vai ser muito interessante e proveitosa. A gente vai aprender um bocado de coisas sobre o século passado — comentei.

Eu era um garoto estudioso, esforçado, mas tirava notas apenas razoáveis. Meu passatempo era descobrir palavras diferentes nos jornais e revistas que lia na casa de meu avô. Tinha até mesmo uma caderneta para registrá-las. Depois, ia verificar no dicionário o que significavam.

— Vou é aproveitar para azucrinar a dona Rute, Candinho. Nessa viagem, ela vai pagar todos os seus pecados!

— Ela não tem culpa pelas notas baixas que você tira, Paulão. Você precisa estudar mais, bicho!

— Deus me livre! Não vou encher o meu pobre cérebro com informações descartáveis! Só aprendo o mínimo para passar de ano e para não morrer burro.

Atraindo a desgraça

No dia seguinte, em sala de aula, o passeio voltou à discussão.

— Professora, é verdade que foi no ônibus do seu Vereveveco, e não na arca, que Noé salvou os animais do dilúvio? — perguntou Paulão, fazendo força para ficar sério.

— Paulo Hermógenes, você devia guardar esse bom humor para quando receber o boletim no final do mês! —

respondeu dona Rute, bochechas rubras de cólera.

— Tudo tem seu lado positivo, professora. A senhora me rala tanto que eu estou me especializando em zeros e notas humilhantes em geral — retrucou Paulão.

— Professora! — intrometeu-se a Sabichona. — Dizem que o ônibus do seu Vereveveco é mais lento do que uma carroça.

— Mentira! O ônibus está em excelente estado de conservação — respondeu dona Rute, agitada. — É melhor do que muito ônibus novo que se vê por aí.

— Não quero ser pessimista, mas se esse ônibus pifa no meio do caminho a gente vai ter que dormir na beira da estrada — disse a Desmancha.

— Vire essa boca para o outro lado, Carlota Maria! — estrilou a professora. — Você está sempre atraindo a desgraça.

— Não tem nenhum posto de abastecimento nem oficina na estrada que vai até o castelo — esclareceu a Sabichona. — Nem na que vai, depois, ao palacete do barão.

— Calem o bico, suas bruxas! — xingou Paulão.

O contador de casos de assombração

Embora permanecesse de boca fechada durante a discussão, a verdade é que eu já conhecia o ônibus antediluviano e sabia muita coisa sobre o seu motorista.

Foi assim: num domingo de tarde, depois da macarronada, vovô e eu estávamos jiboiando na calçada, quando passou o tal ônibus, cheio de jogadores de futebol.

O veículo me chamou a atenção porque era de um modelo antigo, arredondado, que lembrava um hipopótamo ajoelhado. Mas sua pintura era recente, brilhante, e os cromados todos estavam polidos.

Ao passar diante de nós, o motorista acenou para meu avô, que respondeu com entusiasmo.

— Quem é esse homem, vô?

— É um sujeito e tanto. Já era sargento antigo quando eu entrei para o serviço militar, há uns cinquenta anos. Acabei sendo auxiliar dele.

— Ele já era motorista?

— Não. Era sargento columbófilo.

— Columbo... o quê?

— Columbófilo. Ele cuidava e treinava os pombos-correio.

— Pombo-correio! Que troço mais maluco! Inventa outra! — estrilei. Meu avô era meio chegado numa mentira, mas aquela era demais.

— Juro, pela alma do Honório!

Honório era o canarinho belga preferido dele.

— Treinava os pombos para quê? Para jogarem futebol?

— Naquela época não havia telefone, rádio, essas coisas. Então, treinávamos os pombos para que eles voassem até os quartéis mais próximos levando mensagens, bilhetes.

— Levando, como? Dentro de um envelope que carregavam no bico?

— Não se faça de tolo. A mensagem, que era escrita num papel especial, ia amarrada na pata do bichinho.

— Caramba! Esses pombos deviam ser bem mais rápidos que o ônibus do Vereveveco.
— Certamente. As estradas naquele tempo eram ruins, de terra batida, esburacadas. E os veículos eram raros.
— Como ele virou motorista? — indaguei.
— Depois que deixou o Exército, ele foi trabalhar como motorista da Prefeitura. Há poucos anos, aposentou-se, comprou esse ônibus e passou a fazer excursões.
— Isso é mais uma carruagem que um ônibus! — debochei.
— É antigo, sim, mas o Vereveveco cuida dele como muita gente não cuida dos filhos. Esse ônibus estava numa garagem jogado, sendo destruído pela ferrugem...
— Por que não o desmancharam?
— Porque não havia outros ônibus iguais que pudessem aproveitar as peças. Acho que esse é o último modelo ainda rodando no mundo.
— Deve ter custado uma mixaria.
— Sim, uma bagatela. Vereveveco levou um tempão só limpando, pintando e consertando. Quando o ônibus voltou a funcionar, ele inventou de transportar estudantes e times de futebol. O lucro ele usa para manter o ônibus em funcionamento.
— Como é mesmo o nome dele? — perguntei, espantado.
— Verediano Vergílio Veiga Constantino.
— Que nome!
— O nome é complicado, mas ele é um sujeito simples, honesto e trabalhador. E, além disso, um grande contador de casos de assombração...

A menina mais linda do mundo

O dia da excursão não poderia ser pior. Surgiu gelado, ventoso e cinzento.
Ao abrir-me a porta da rua, vovô disse:
— Credo! Está um frio de congelar água de privada. O vento está mais frio que focinho de porco.
Beijou-me em despedida e recomendou:
— Cuide-se bem! Não banque o siri sem tampa! Não meta a mão em cumbuca! Boi em terra estranha vira vaca!
O velho era apaixonado por ditados populares.
De tão ansioso que estava para fazer a viagem, percorri correndo os três quarteirões que separavam a casa de vovô da escola, embora mal e mal enxergasse um metro à frente do nariz. Uma densa neblina cobria a cidade.
Eu ainda nem conseguia distinguir direito a cara dos alunos, que estavam amontados junto ao portão da escola, quando escutei a voz inconfundível da Desmancha:
— Se o ônibus não quebrar, a gente está de volta às seis da tarde.
— Se quebrar, seu Vereveveco conserta. Ele sabe de tudo sobre mecânica — retrucou a Sabichona.
— Com essa neblina, ele não vai enxergar um palmo na frente do focinho. Pode acabar batendo num carro ou num poste — continuou a Desmancha.
— Fecha a matraca, ave agourenta! — resmungou a Sabichona.
Sabichona e Desmancha gastavam metade do dia discutindo. A outra metade passavam brigadas, de bronca uma com a outra.
Abri minha cadernetinha e anotei: agourenta.
De repente, junto à calçada, mansamente, atracou uma mancha escura, que lembrava um gigantesco besouro

com dois estrábicos olhos amarelos. Era o ônibus de seu Vereveveco, que chegava sem fazer barulho, rodando em ponto morto.

Nós, os meninos, estávamos reunidos em torno da figura maciça de nosso líder, Paulão, que propôs:

— Vamos entrar na frente das meninas. Aí, a gente fica com as janelas da frente, que são as melhores.

— Por que são melhores? — perguntou o Mosca. — São maiores?

Porfírio, o Mosca-Tonta, era o pateta da turma. Vivia dando os palpites mais furados nas horas mais impróprias. Mas a gente nunca sabia se ele dizia aquelas bobagens porque era um perfeito idiota ou se porque era um espertinho querendo debochar da cara dos outros. Cabeçudo, olhudo e dentuço, tinha dentes quase tão grandes quanto teclas de piano.

— Porque a gente vai ver as coisas antes delas — explicou Paulão, irritado.

— Com essa neblina, vamos ver o que antes delas? — insistiu o Mosca.

— O tempo vai melhorar em seguida — disse Paulão, encerrando o assunto.

O certo é que acabamos todos fazendo o que sugeriu o nosso comandante. Na cotovelada, no empurrão, deixamos as meninas para trás, entramos primeiro no ônibus e ocupamos os bancos da frente. Depois, lutamos a tapas entre nós para ver quem ficava com as janelas.

Os meninos derrotados correram para o fundo e tomaram as janelas restantes, deixando às meninas só os assentos de corredor.

Das garotas, só a Alemoa Batata ganhou janela. Ela deu um puxão no braço do Mosca que quase aleijou o pobre. E disse:

— Suma daqui, inseto!

Alfonsina Krull, a Alemoa Batata, era a mais alta e bonita da classe. Aliás, para mim, era a menina mais linda do mundo. Tinha cabelo loiro bem clarinho, que trazia sempre preso num rabo de cavalo. Possuía olhos azuis de boneca, mas era brava e saía no tapa com qualquer um de nós.

Meio choroso, o Mosca veio sentar-se ao meu lado, enquanto a Alemoa me olhava desafiante do outro lado do corredor e perguntava:

— Que foi, Candinho? Você vai querer tirar satisfações pelo seu amigo?

Fiz que não ouvi. E nem olhei para ela. Não conseguia encará-la sem ficar vermelho como uma pitanga. Era tão bonita que só de olhá-la eu ficava sem fôlego.

Não cantem musiquinhas idiotas

Quando parecia que todos estavam acomodados, Paulão atravessou o corredor, da frente ao fundo, cochichando com todos os meninos:

— Vamos todos para os bancos do fundo?
— Por quê? — perguntei.
— Porque lá a gente pode bagunçar mais, pode irritar mais a dona Rute.

Dito e feito. A um sinal do Paulão, como se fôssemos piratas abordando uma caravela, voamos para os bancos de trás e dali espantamos as meninas, que fugiram berrando como pequenas ambulâncias.

— Agora ficamos numa boa posição para puxar os cabelos delas — constatou Paulão.

— Isso é o que elas mais querem — falou o Mosca.

— Adoram quando a gente puxa o cabelo delas porque,

depois, podem fazer queixa à professora.

Para ver se o Mosca tinha mesmo razão, Paulão puxou o cabelo cor de fogo da Sabichona, que estava no banco da frente.

Primeiro, a menina soltou um berro de estourar tímpanos. Depois, chorando, foi lá na frente denunciá-lo à dona Rute:

— Aquele mentecapto quase me arrancou o escalpo!

Sabichona sabia palavras difíceis e gostava de esfregá-las na cara da gente.

Registrei no meu caderninho: mentecapto, escalpo.

A professora, que estava conversando com o motorista, não deu muita bola para ela. Bateu palmas e disse:

— Silêncio! Quero apresentar a vocês o seu Vereveveco, que vai dirigir o ônibus.

O motorista era um mulato muito alto, que tinha de ficar curvado para não encostar a cabeça no teto do ônibus. De pé no corredor, voltado para trás, olhando firme para nós, ele disse:

— O meu apelido é Vereveveco. Não é Verecoveco, como pensa a maioria. Sou o proprietário desta antiquíssima viatura e, a partir de agora, passo a ser o responsável pela vida de vocês. Se vocês fizerem baderna, se gritarem como porcos no matadouro, posso ficar nervoso e espatifar o ônibus contra um caminhão, esmagá-lo contra um poste ou simplesmente derrubá-lo num precipício.

— Precipício aqui na cidade? O senhor está se referindo às sarjetas? — perguntou Paulão.

Caímos na gargalhada. Batemos os pés, assobiamos e socamos o encosto do banco da frente. Estávamos felizes pela vitória do nosso líder. Nenhum adulto metido a engraçadinho ganhava dele.

O motorista sacudiu a cabeça de um lado a outro, como que dizendo: essa rapaziada não tem jeito mesmo. Seus cabelos eram totalmente brancos.

— Antes de zarpar, quero fazer um pedido aos garotos. Não cantem aquelas musiquinhas idiotas que todos os tolos cantam quando saem em excursão! — continuou seu Vereveveco. A cara era totalmente séria, mas havia um brilhozinho de gozação nos olhos dele: — Por favor, portem-se o menos mal que puderem, seus pequenos lorpas!

— O que significa a palavra lorpa? — perguntei à Sabichona.

— Vá procurar no dicionário, néscio! — respondeu ela. Ainda emburrada por causa do puxão de cabelos.

— Só pode ser xingamento — esclareceu Paulão.

Discretamente, abri a cadernetinha e rabisquei: lorpas, néscio.

O inquietante diálogo das meninas

De pé lá na frente, ao lado do motorista, que havia sentado ao volante, dona Rute mais uma vez bateu palmas. Naquele dia parecia mais nervosa que o normal, suas bochechas estavam mais vermelhas do que nunca:

— Muita atenção, crianças! Quero todos juntos de mim lá no castelo da Pedra Fria! Quem se afastar demais pode acabar se extraviando pelos corredores. Dizem que aquilo lá é um verdadeiro labirinto.

— São cinquenta corredores, que medem mais de cinco mil metros — informou a Sabichona. — Vários dos corredores não têm saída e as pessoas que se perdem entram em pânico e ficam dando voltas...

— Mas isso não é o pior — intrometeu-se a Desmancha. — O duro mesmo é quando o espírito do general Brasão começa a perseguir quem se perde por lá.

— Caladas, Jandira e Carlota Maria! — estrilou dona Rute. — Não assustem os seus colegas!

— Ai, ai, que medinho — gemeu Paulão.

Mosca e eu ensaiamos umas risadinhas cretinas de valentões. Mas eu ri sem graça e sem som, confesso. Não havia gostado nada do inquietante diálogo das meninas.

— Aos metidinhos a corajosos, quero repetir o que todo mundo já sabe, há mais de cem anos — continuou a Sabichona. — Tanto o castelo da Água Fria quanto o palacete do barão são prédios muito antigos. E esses lugares assim são sempre considerados... meio estranhos.

— Meio estranho quer dizer o mesmo que mal-assombrado, é? — quis saber o Mosca.

A garota não se dignou de responder. Aliás, acintosamente, virou a cara.

— Caramba, estou com os cabelinhos do braço arrepiados — comentou o Mosca.

Fiquei impressionado. Também eu havia sentido um arrepio de frio na pele quando a Sabichona falou em "meio estranhos".

Mal seu Vereveveco deu a partida, nós, garotões debiloides, demos início à baderna. Com a neblina menos densa, botamos a cabeça para fora da janela e começamos a fazer caretas para os motoristas dos carros e para as pessoas nas calçadas. Zoeira total.

Traseiro é uma palavra normal

Aquilo, porém, não durou muito. Dona Rute mandou seu Vereveveco parar o ônibus e fez um sermão, que começou assim:

— Os meninos dessa turma são uns verdadeiros vândalos.

Achei tão bonita aquela palavra que também a anotei no meu caderninho. A professora não estava querendo ficar por baixo do motorista, que tinha inventado aquela outra: lorpas!

— Conheço a história de um garoto que gostava de andar com a cabeça para fora da janela do ônibus. Pois bem, um dia, numa curva, ele acabou batendo com a cabeça num poste.

— E o que aconteceu, professora? — perguntou o Mosca. — O menino quebrou a cabeça? Ou arrebentou com o poste?

— O garoto não morreu — intrometeu-se seu Vereveveco. — Cresceu palerma e teve um filho tolo, que hoje estuda na turma de vocês e vive fazendo perguntas idiotas.

Caímos na gargalhada e depois enchemos de tapas a

cabeçorra do Mosca.

Dona Rute, impaciente, berrou:

— Agora, tratem de colar os traseiros nos bancos.

Aquele negócio de "traseiros" quase nos matou de tanto rir. Uivamos de alegria porque aquele era o primeiro "palavrão" pronunciado pela professora diante de nós.

O palhaço do Paulão fazia força, como que tentando retirar a bunda do banco, e gritava:

— Praga de professora pega! Não consigo mais descolar minhas nádegas do assento!

— Traseiro é uma palavra normal, está dicionarizada. Não tem nada demais — meteu-se a puxa-saco da Sabichona. — Esses meninos é que são muito maliciosos e veem maldade em tudo.

Discretamente, fiz mais duas anotações na cadernetinha: dicionarizada, maliciosos.

Vendo que a baderna estava muito acesa e, pelo jeito, não ia esfriar tão cedo, seu Vereveveco voltou-se para a professora e disse:

— Para aquietar uma garotada barulhenta como essa, só há dois remédios, professora. Ou uma história bem triste ou uma bela surra de chicote.

A professora concordou com um gesto afirmativo de cabeça. À beira de um ataque de nervos, estava irritada demais, cansada demais para discordar do motorista. Eu acho que ela, intimamente, preferia a hipótese do chicote.

— Se a senhora permitir, vou injetar um pouco de melancolia no coração desses pequenos meliantes contando a eles uma assustadora história de amor.

Novamente, a mestra concordou com a cabeça.

Registrei no caderninho: meliantes.

Junto ao volante, o motorista tinha um microfone que estava ligado a alto-falantes espalhados pelo ônibus.

— Conta logo essa história, seu *Terecoteco* — pediu o Mosca.

— Conta, conta, conta! — berramos todos.

— Está bem — disse ele. — Mas, antes, parem de mascar chiclé para que o cérebro de vocês possa começar a funcionar.

E aí contou a seguinte história:

A misteriosa menina do baile

Era uma vez um jovem que vivia permanentemente triste. Alto, elegante, tinha um rosto muito bonito, de traços delicados. Chamava-se Roberto Brasão.

Muitos anos depois, ele acabaria se transformando num famoso general — herói de várias guerras —, que se metia sempre na frente do combate, como que procurando a morte. Mas a morte não o queria, e ele morreu de velhice no castelo que visitaremos, no castelo em que ele se refugiou para esquecer uma estranha e poderosa paixão.

Sua família estava entre as mais ricas famílias da cidade. O coronel Brasão e dona Mariana, seus pais, queriam que ele estudasse Medicina, na Bahia; ou Direito, em São Paulo. Mas Roberto, embora muito inteligente, não se mostrava disposto a deixar nossa cidade, nem mesmo para ir à famosa Universidade de Coimbra, em Portugal.

Os pais viviam inquietos por causa da tristeza permanente do filho único. Não compreendiam como um rapaz rico, inteligente e bonito pudesse ser tão casmurro.

O coronel Brasão era um homem vigoroso e alegre de cinquenta anos que, seguidamente, levava o filho para longos passeios a cavalo.

Durante as cavalgadas, conversavam muito. Quero dizer, o pai falava e Roberto escutava. Limitava-se a responder com poucas palavras às perguntas do coronel. Era como se vivesse com a cabeça voltada para outro mundo.

Garotinho sapeca

Foi por volta dos sete anos que Roberto passou a se fechar por dias seguidos no quarto sem ver ninguém. Foi nessa idade que se tornou tristonho.

De início, os pais se assustaram com aqueles sumiços do garoto. Depois, com o passar dos anos, se acostumaram. Afinal, sempre que lhe faziam uma pergunta, Roberto respondia adequadamente. Não era falador, mas dava respostas corretas para tudo, embora usando frases curtas.

Havia uns poucos momentos em que o rapazote se abria um pouco mais. Era quando conversava com os pais sobre o tempo em que era um menininho alegre e vivia correndo pela casa, virando cambalhotas.

Quando lembravam a meninice do filho, os pais se emocionavam.

— Como pode um garotinho tão barulhento ter se transformado nesse jovem distante e silencioso? — perguntava-se a mãe.

Embora muito bonita, dona Mariana tinha saúde frágil. Aos trinta e cinco anos, sua cabeleira era grisalha. Falava-se na cidade que seus cabelos haviam embranquecido cedo porque vivia desgostosa com a tristeza do filho.

Roberto beijava seu pai e sua mãe toda vez que os encontrava. Abraçava-os também. Mas sem calor. Depois de trocar quatro ou cinco palavras com eles, voltava a se desligar.

Toda noite, durante o jantar, dona Mariana e o coronel se esforçavam por recordar um detalhe da infância do filho, para ver se ele sorria um pouco.

— Lembra a tarde em que entrou voando no salão? Você tinha a mania de se balançar agarrado à cortina. Um dia, quando estava em pleno ar, a cortina se rompeu. Foi um horror! Você caiu bem no meio do tapete, entre as senhoras que tomavam chá comigo.

O rapaz movia a cabeça. Recordava, sim. Sorria, mas o sorriso sumia ligeiro dos lábios dele.

O baile

Coincidiu que haveria um grande baile justo no dia em que Roberto completaria quinze anos. Passava pela cidade uma orquestra que viajava do Rio de Janeiro para Buenos Aires. Como o navio deveria ficar retido no porto por uma semana, para consertos no casco, foi realizado o tal baile.

Dona Mariana e o coronel precisaram insistir muito para que Roberto aceitasse ir à festa.

A esperança dos pais era que ele se interessasse por alguma garota. Talvez uma namorada pudesse tirá-lo do poço sem fundo da tristeza.

Nos dias que antecederam ao baile, marido e mulher atravessaram a noite conversando sobre uma possível namorada.

— Acho que só uma moça bonita poderá fazer com que ele ria de novo — comentava o coronel.

— Que maravilha será quando tivermos um netinho! — divagava a mulher.

E assim, nessa conversa fiada de gente que ama os filhos, seguiam até a chegada do sono.

Chamaram o melhor alfaiate da cidade e compraram o mais caro corte de tecido inglês para fazer o traje de Roberto.

O casal mais bonito

Na noite da festa, partiram os três na carruagem da família. Dona Mariana notou que o filho, sempre calmo, parecia nervoso. Torcia as mãos e seus olhos brilhavam de um jeito que ela nunca tinha visto.

— Deve estar preocupado com a festa — murmurou ela para o marido. — Não está acostumado com lugares cheios de gente.

Lentamente, a carruagem percorreu as ruas estreitas do centro, naquela noite cheias de gente curiosa que viera espiar os que chegavam para o baile.

A temperatura estava agradável, mas nuvens negras escondiam a lua de vez em quando.

Enquanto os pais se instalavam numa mesa no grande salão, o rapaz foi até uma das janelas e por ali ficou a olhar a noite e a movimentação das pessoas lá embaixo.

Mais tarde, quando a orquestra começou a tocar, Roberto entrou num dos salões menores. Dali a pouco estava de volta, tendo ao lado uma garota.

— Quem é aquela mocinha? Eu não a conheço! — exclamou dona Mariana.

— Eu também não, mas é belíssima! — acrescentou o coronel.

Durante todo o tempo em que a orquestra tocou, o rapaz e a garota dançaram e conversaram animadamente.

— O engraçado é que Roberto fala bem mais do que ela — disse dona Mariana.

— O importante mesmo é que ele está rindo, querida.

— Parece um sonho: Roberto rindo e conversando. É como se um longo feitiço estivesse chegando ao fim.

— Formam o par mais bonito e elegante da festa — falou o coronel, orgulhoso.

— Querido, preciso que alguém me diga quem é essa garota, quem são seus pais! Estou louca de curiosidade.

— Fique quieta aqui. Depois a gente descobre.

E, assim, para os pais felizes e para o filho dançarino, a noite passou depressa demais.

Conversa de namorados

Deixemos os pais e passemos aos jovens.

Ao entrar num dos salões laterais, onde pretendia encontrar um canto para ficar sozinho, Roberto viu aquela garota.

Sentiu, pela primeira vez na vida, o que se chama uma paixão fulminante. Tremeu como sacudido por um terremoto. Quando encontrou os olhos da menina, ela estava sorrindo para ele, zombeteira. Tinha jeito de travessa.

Os cabelos dela, que apareciam por baixo da grinalda de flores de laranjeira, eram negros.

Embora tímido, Roberto aproximou-se e perguntou:

— Você quer dançar?

— E você sabe dançar direito? — retrucou ela, à queima-roupa.

Na verdade, ele não sabia dançar. Jamais havia aprendido. Pensou: digo ou não digo a verdade?

— Não sei dançar — confessou. — Mas isso não tem muita importância, não é mesmo?

— Não — respondeu ela, sorrindo. Seu rosto muito pálido era marcado aqui e ali por pequenas sardas. — Não tem mesmo, mas eu gostaria que você não pisasse nos meus sapatos. Eles são de cristal, como os de Cinderela.

Riram bastante.

Quando se encaminhavam para a pista de dança, lado a lado, a menina disse:

— Se você quiser, posso ensiná-lo a dançar. Ensino tão discretamente que as pessoas vão pensar que você é que está me conduzindo.

Chegando ao salão, começaram a bailar.

— Para mim, pelo menos para mim, você podia abrir mais o seu sorriso. Não sou nenhum bicho-papão — disse ela.

— Qual é o seu nome? — perguntou Roberto.

— Isso não tem importância. Terei o nome que você quiser. Bem que podia ser assim: a gente teria o nome que os outros colocassem em nós. Como você acha, por exemplo, que eu poderia ser chamada?

— Bem, não sei... Margarida, talvez.

Cavalgando nos dias de sol

Quando escutou aquele nome, a garota teve um leve estremecimento, que Roberto nem percebeu.
— Você conhece ou conheceu alguém com este nome? — perguntou, intrigada, a voz ligeiramente trêmula.
— Não. Acho que não. Foi simplesmente o primeiro nome que me veio à mente.
— Está bem. Aceito: Margarida é um nome bonito e perfumado. E o seu?
— Nem sei mais. Como vivo só com meus pais, acho que o meu nome é "filho". É assim que eles me chamam.
— Você deve ter um nome bonito. Roberto, talvez.
— Alguém lhe disse o meu nome! Isso não vale.
— O que mais você gosta de fazer?
— Gosto de ficar no meu quarto, lendo, e de vez em quando saio para cavalgar.
— Você galopa durante essas cavalgadas? — perguntou a mocinha, alarmada.
— Não. Vou num trote miúdo. Monto desde os oito anos. Nas férias de verão, na fazenda, andava a cavalo o dia inteiro. Eu saía bem cedo e quando o animal cansava eu o trocava por outro. Várias vezes por dia, eu ia até o riacho e nadava feito um peixe.
— Ah, eu gostaria muito de poder cavalgar a toda pelos campos nos dias de sol.
— E por que você não cavalga?
Ela vacilou um pouco antes de responder:
— Porque agora sou uma dama e às damas é

proibido correr a cavalo, como fazem os homens e as crianças.

— *Então, você confessa que cavalgava quando era pequena?*

Menino arteiro

— *Mudemos de assunto* — *pediu ela. De novo parecia inquieta, mas Roberto não percebeu.* — *Fale-me das suas namoradas, já que você deve ter uma dezena delas.*
— *Não. Não namoro ninguém.*
— *Devia namorar* — *disse ela, sem muita convicção.*
— *Bem, acho que já estou namorando. Você.*
— *Calma, apressadinho. Acabamos de nos conhecer.*
— *Sim, mas parece que conheço você há anos e anos* — *disse ele.*

A garota sorriu. Seus olhos eram luminosos, seus dentes, cintilantes, mas o sorriso também era triste, como o de Roberto.

— *Embora seja meio caladão agora, acho que você deve ter sido um menino muito arteiro.*
— *Fui, sim. O passatempo preferido de minha mãe é justamente falar das minhas artes quando garotinho.*
— *Me conte uma* — *pediu a garota.*
— *Uma vez atravessei um barbante na porta da sala de jantar, um pouco antes de as escravas chegarem com a comida. A primeira a aparecer tropeçou e jogou a sopeira longe, antes de se esparramar no chão. A sopeira explodiu perto da mesa, respingando as pessoas que estavam sentadas. Eu era uma peste.*

Riram bastante.
— *Você tinha amigos?*
— *Não. Não me lembro de ter tido amigos.*

Cavalos inquietos

Dizem que o tempo passa ligeiro quando tudo está bem e que corre ainda mais rápido para os apaixonados. De repente, o rosto da moça se fechou e ela disse:
— *Tenho de ir, está na hora.*
— *É muito cedo! Não deve ser nem meia-noite.*
— *Mas eu preciso ir* — *insistiu, agitada.*
— *Está bem* — *concordou ele.* — *Posso acompanhar você até sua casa?*
— *Não. Claro que não!* — *ela ergueu a voz.*
— *Então, não deixo você sair* — *brincou ele, apertando-lhe a mão.*
— *Seria melhor se você não fosse* — *sussurrou a menina. Era como se uma nuvem negra tivesse escurecido seu rosto. Parecia agora muito triste.*
— *Por quê? Será que você é tão pobre quanto a Cinderela e não quer que eu veja o seu casebre?*
— *É mais ou menos isso. Deixe-me partir, Roberto. Vim aqui só para ver você. Agora deve deixar que eu me vá sozinha.*
— *Você veio para me ver? Como assim? Por acaso já me conhecia?* — *perguntou, intrigado.*
— *Preciso ir agora!* — *Livrando-se da mão de Roberto, deixou apressada o salão.*

Depois de um momento de hesitação, o rapaz desceu a escadaria atrás dela. Encontrou-a na porta principal do clube. Colocando-se na frente dela, quis saber:
— Onde está a sua carruagem? Quem são seus pais?
Como não respondesse, o rapaz, muito agitado, acrescentou:
— Vou levar você na carruagem de meu pai!
— Pela última vez, eu peço. Deixe-me ir sozinha. Será melhor para nós dois.
— De jeito nenhum! Parece que estive esperando por você durante anos. Não posso deixar que se vá sem mais nem menos. Vamos juntos.
A moça, depois de um fundo suspiro, concordou:
— Talvez seja melhor assim.
A noite lá fora estava escura. Caminharam apressados em direção à carruagem.
Inquietos, os cavalos pateavam as pedras do calçamento da rua, relinchavam. Timóteo, o cocheiro, teve de chicoteá-los com vigor, para que se aquietassem enquanto o rapaz e a moça embarcavam.

Viagem pela noite escura

A carruagem avançou pela noite. Rapidamente deixaram para trás as ruas calçadas e iluminadas do centro. Mantiveram-se calados durante um longo tempo, abraçados.
Sem saber o que dizer, Roberto concentrou-se no ruído da carruagem sobre a estrada. Não queria que aquela viagem terminasse. De quando em quando, o

brilho de um raio clareava o interior do veículo. Os trovões explodiam um atrás do outro. Armava-se a tempestade.

As mãos da menina estavam muito frias. Roberto beijou-lhe a testa. Também fria.

— Precisamos nos ver amanhã — disse ele, por fim. — Mal posso esperar para encontrar você novamente.

A moça não respondeu.

— Quero lhe fazer o mesmo pedido que você me fez no início da noite. Vamos, sorria! Você parece tão triste quanto eu era antes desse baile.

— Estou feliz, Roberto. Você é ainda mais bonito e carinhoso do que o príncipe com quem eu sonhava.

— Não sei o seu nome! Não sei nada de você! — lamentou-se ele.

— Acho que sabe, sim. No fundo do seu coração, sabe sim.

Aquela menina era realmente muito estranha, pensou Roberto. Dizia frases misteriosas.

— A que horas podemos nos ver amanhã? — insistiu ele.

A moça bateu na parede da carruagem e Timóteo deteve os cavalos. Os animais estavam ainda mais agitados. Pinoteavam desesperados. O condutor chicoteava-os, xingava-os, mas eles não se acalmavam.

Muito ágil, a menina desvencilhou-se do abraço de Roberto, saltou para a noite escura e desapareceu *entre as árvores, naquela estrada deserta.*

O rapaz apressou-se em segui-la, mas, mal desceu da carruagem, foi surpreendido por uma chuva terrível, tocada a vento.

Estavam num trecho de estrada ladeado por eucaliptos, onde a noite parecia mais negra. No alto, por cima da copa das árvores, raios rasgavam o céu de quando em quando.

Protegendo os olhos da chuva forte e aproveitando a luz dos raios, o rapaz olhou para os dois lados da estrada. Não havia casas por ali.

Estava disposto a qualquer sacrifício para reencontrar a garota, mas não sabia o que fazer. A chuva forte o forçava a manter a mão aberta sobre os olhos, a agarrar-se à porta da carruagem.

Mesmo que tentasse, não conseguiria avançar para lado algum. Era como se a chuvarada tivesse como propósito enfiá-lo no carro.

Mais assustadores que os ribombos dos trovões eram os relinchos dos cavalos! Os animais se empinavam para o negrume, como se quisessem partir em direção aos céus. Levantavam as patas e depois batiam com elas no barro da estrada.

No meio da escuridão só se via o branco dos olhos esbugalhados e dos dentes dos animais. Os bichos estavam apavorados. Timóteo, que metia sem pena o chicote neles, berrou para ser ouvido por Roberto:

— *Vam'bora, patrãozinho, que este lugar é mal-assombrado.*

À beira da morte

Quando, finalmente, o rapaz embarcou na carruagem, o cocheiro partiu a toda de volta para a cidade. Os animais quase voavam, corriam como se estivessem sendo perseguidos por demônios.

Ao chegar em casa, Roberto foi direto para o seu quarto, deitou-se e embarcou num sono febril do qual só sairia duas semanas depois.

Durante catorze dias e catorze noites teve febre alta. Beirou a morte, como disse o médico da família. Balbuciava palavras que ninguém compreendia. Ora chorava como um menino. Ora praguejava como se tivesse incorporado um espírito ruim.

O coronel Brasão chegou a temer pela vida do filho, mas dona Mariana em momento algum perdeu a esperança. Sentia no fundo do coração que seu filho sairia daquele pesadelo. E rezava noite e dia.

E assim foi.

Numa certa manhã de sol, Roberto abriu os olhos e sorriu para a mãe.

Depois de fazer cinco ou seis perguntas ao rapaz, dona Mariana percebeu que ele não se lembrava do baile. Isso foi para ela um grande alívio.

Em busca de Cinderela

Voltemos um pouco no tempo. Ou seja, vamos retroceder para explicar por que dona Mariana alegrou-se com a amnésia do filho.

Após o baile, depois de ter deixado Roberto em casa, Timóteo foi ao clube apanhar o coronel e dona Mariana, que o encheram de perguntas.

— Bem, quando o patrãozinho chegou com a moça, os cavalos ficaram assustados como quando adivinham uma serpente, uma onça ou uma alma penada... — começou o escravo.

— Afinal, onde você deixou a moça, Timóteo? — quis saber o coronel.

— Fomos até aqueles eucaliptos lá na saída da cidade... — desconversou o cocheiro.

— Mas lá não tem nada!

— E não tem mesmo, coronel. É só a estrada deserta. E naquela hora estava uma tormenta danada. Chovia que Deus mandava. E cada raio que vou lhe dizer!

Como todos os escravos, Timóteo sabia fazer-se de bobo quando lhe convinha.

— Está bem — atalhou o coronel, contrariado. — Hoje estou muito cansado para aturar as suas ladainhas. Amanhã, você me leva até lá e me mostra onde a menina desembarcou.

No dia seguinte, o coronel e o escravo foram até a alameda de eucaliptos. Encontraram no barro ainda úmido as marcas deixadas durante a madrugada pelas rodas da carruagem e pelos cascos dos cavalos.

— Não vejo nem sinal de uma casa onde possa morar a garota — disse o coronel, olhando para os dois lados da estrada.

— A única coisa que tem aí pela volta é o esqueleto do casarão do doutor Zenóbio, que pegou fogo faz tempo.

— É isso mesmo, Timóteo. Ficava atrás daquelas árvores, a mais ou menos um quilômetro daqui.

— Queimou tudo. Só tem tapera lá, agora.

— Timóteo, isso está parecendo uma nova versão da história da Cinderela — o coronel riu. — Como era pobre, a menina não quis ser levada para casa. Por isso, pediu ao meu Roberto para trazê-la até aqui, de onde voltou a pé para a cidade. Pobre moça! Deve ter passado horas muito ruins no meio deste mato, debaixo de chuva, na escuridão.

— Não sei, não, seu coronel — respondeu o cocheiro, desconfiado.

— Sou capaz de apostar, Timóteo, que se andarmos pelas casas daqui das redondezas encontraremos a tal moça. Garotas vivem lendo histórias de amor, sonhando com príncipes. Garanto que essa leu o livro de Cinderela.
— Mas onde ela arranjou aquele vestido bonito? — insistiu o cocheiro.
— Sei lá. Pode ter conseguido emprestado. Ou comprado, ou roubado, quem sabe? Essas meninas fazem de tudo para ir a um baile.
— Mas e os animais, coronel? Por que os cavalos estavam assustados? São animais mais do que mansos.
— Pare de ver chifre em cabeça de cavalo, Timóteo! Para tudo há uma explicação, e eu lhe garanto que em breve descobriremos quem foi a Cinderela que enfeitiçou o nosso Roberto.
O coronel encarregou, então, o cocheiro de visitar as casas daquelas redondezas em busca da moça bonita do baile. Devia entrar até mesmo no casebre mais miserável.
A busca de Timóteo, que acabou sem resultado positivo, durou uma semana. Enquanto ele visitava até mesmo os casebres mais afastados, atento a todas as mocinhas, a grande preocupação do coronel era para com o filho, mergulhado numa febre alta e persistente.
— Garanto que ela mora em outra área da cidade, distante dos eucaliptos — concluiu certo dia o coronel. — É muito mais esperta do que nós.

Queimado pelo fogo da paixão

Aos pouquinhos, Roberto foi recuperando a saúde e a memória.

Por trás do branco dos muitos dias de febre, foi ressurgindo a noite de tempestade: os raios, a chuva tocada a vento, o alarido dos cavalos assustados.

Lentamente, o rapaz foi recompondo as lembranças do baile. Por fim, recordava claramente todos os detalhes.

Sabia de cor e salteado todas as palavras que havia trocado com a garota. Lembrava-se perfeitamente do sorriso dela: o movimento dos seus lábios, o modo zombeteiro e tristonho de olhar.

Queria revê-la. A ausência dela doía-lhe no corpo todo. Às vezes tinha ganas de gritar o nome que inventara para ela: Margarida.

Ao recordar o rosto da garota, sentia falta de ar, um quase desmaio. Estava loucamente apaixonado, sim, mas não a ponto de esquecer que, por trás daquele encontro, havia um mistério que precisava desvendar.

Primeiramente, tratou de recuperar todas as suas forças. Comia, embora não sentisse fome. E esforçava-se para enganar os pais: fingia interessar-se pela vida da casa, conversava animado sobre coisas banais. No fundo mesmo, só pensava num assunto — o baile. Mas sobre ele jamais disse uma só palavra diante de dona Mariana.

Roberto sentia que não era mais um rapazote. Tornara-se um homem porque naquele baile havia sido queimado pela paixão.

E assim decorreu um mês.

A marca de Cinderela

Numa manhã de sol, quando se sentiu totalmente recuperado, Roberto disse à dona Mariana que gostaria de dar uma volta de carruagem pela cidade.

A mãe ficou muito alegre e insistiu em acompanhá-lo, mas o rapaz alegou que preferia ir só. Precisava espairecer, cruzar pelas ruas movimentadas do centro, ver pessoas, tirar da boca o gosto ruim da febre.

Dona Mariana concordou. Roberto fingiu tão bem que, no fundo, a mãe achou que ele havia apagado totalmente da memória o baile e sua misteriosa companheira.

Mal a carruagem arrancou, Roberto disse a Timóteo que desejava voltar ao lugar onde haviam deixado a menina.

— Não tem nada por lá, patrãozinho. A moça nos enganou. O coronel acha que ela devia de ser uma pobretona que se enfiou no baile só para bancar a riquinha por uma noite. Essas moças de hoje em dia...

— Vamos até lá! — ordenou o rapaz, firme.

Na estrada dos eucaliptos, no mesmo local onde haviam estado na noite do baile, Timóteo parou a carruagem.

Roberto desceu. Sabia exatamente por onde a moça tinha caminhado. Ou, pelo menos, sonhara, durante o febrão, com o trajeto seguido por ela na noite da tempestade.

— Vam'bora, seu Roberto. Esse lugar é ruim — disse o cocheiro, inquieto. — Isso aqui tem coisa mal explicada. Nunca se sabe. O seguro morreu de velho.

Enquanto Timóteo resmungava, o rapaz entrou

por uma passagem entre as árvores e seguiu pelo campo. Ia de cabeça baixa, como se procurasse a marca dos sapatos de Cinderela. Caminhava devagar, mas sem vacilar, como quem conhece o caminho.

Timóteo retirou a carruagem da estrada, manietou os cavalos que começavam a relinchar assustados, e correu atrás do patrão.

A casa entre as figueiras-bravas

Foi encontrá-lo atravessando um córrego que passava por entre as árvores. Era um lugar escuro, mato fechado. As frias águas deslizavam sem fazer barulho.

— Pelo amor de Deus, patrãozinho! Dona Mariana vai me excomungar quando descobrir que eu deixei o senhor molhar os pés. Imagina só se o sinhozinho apanha outra gripe! Mas bravo mesmo é o coronel e ele vai mandar me dar uma surra de chicote e depois ainda manda salgar o meu lombo.

Sem prestar atenção à conversalhada do cocheiro, o rapaz foi em frente. Atravessou a mata e desembocou num campo raso que subia em direção a quatro ou cinco figueiras-bravas.

Por detrás daquelas árvores, sabia Timóteo, estava o esqueleto da casa incendiada.

Roberto caminhou lentamente até lá. Parecia que estava se poupando, querendo atrasar um encontro inevitável.

Chegaram, por fim, às figueiras.

Parado entre as árvores, respirando com dificuldade, o rapaz observou as ruínas.

— Vam'bora! Pela última vez eu lhe peço, o senhor precisa trocar as botas. Vai pegar um resfriado!

A vista do casarão destruído assustava tanto o cocheiro que suas palavras saíam tremidas.

Como hipnotizado, o rapaz avançou na direção das paredes chamuscadas.

Timóteo permaneceu entre as árvores. Sua vontade de reter Roberto era grande, mas maior ainda era o medo que sentia:

— Casa mal-assombrada! — balbuciou e benzeu-se. — Credo em cruz! Ai, meu São Benedito.

Dali ele só se moveu quando viu que seu patrão entrava pela ampla abertura onde havia estado a porta principal do casarão incendiado do doutor Zenóbio:

— Seja o que Deus Nosso Senhor quiser!

A grinalda de flores de laranjeira

Seguido de perto pelo cocheiro, Roberto foi de uma peça a outra, caminhando pelo meio do capim alto que tomava conta do chão.

Roberto sentia que conhecia aquele lugar. Era como se já tivesse estado ali, há muitos e muitos anos.

Viu umas poucas molduras enferrujadas ainda penduradas nas paredes que restavam de pé e sentiu um calafrio. Era como se conhecesse as gravuras que ali tinham sido exibidas.

Numa das salas, o rapaz olhou para o que restara de uma mesa de mármore e teve a nítida impressão de que ali, algum dia, fizera uma refeição.

Por fim, chegaram a uma peça menor do que as anteriores. Do meio de um monte de escombros, Roberto retirou uma boneca. Na verdade, apenas um rosto de porcelana, lascado aqui e ali. Certamente uma menina havia morado ali antes do incêndio.

Foi quando observava a boneca que Roberto sentiu que algo de muito estranho acontecia naquela peça.

Voltou-se rapidamente para Timóteo. O que mais o impressionou foram os olhos esbugalhados do cocheiro quase saltando das órbitas.

Seguindo o olhar do escravo, o rapaz viu uma grinalda de flores de laranjeira perto da cabeceira de uma cama de ferro destruída. Estava um pouco suja, sim, mas era nova.

Aquela grinalda era igual à que a menina usara durante o baile!

A descoberta explodiu como uma bomba no coração de Roberto. Esperançoso, apertou a grinalda junto ao peito. Era um sinal. A garota devia ter passado por ali. Claro, ela estivera naquela peça na noite de tempestade!

Rapidamente, porém, sua esperança foi sendo minada pela dúvida. Uma pergunta martelava-lhe o cérebro: O que veio ela fazer aqui nestas ruínas?

Puxado pelo braço forte do cocheiro, Roberto deixou o casarão. De repente, sentiu-se exausto. Queria voltar rapidamente para casa, deitar e dormir. Dormir profundamente. Dormir para não pensar. Dormir para esquecer. A grinalda.

Quando chegaram à carruagem, o rapaz quis abrir a porta, mas Timóteo o impediu:

— Desculpe, mas o senhor vai comigo na boleia, pegando sol na cara, como fazia quando era pequeninho. Hoje está um dia muito bonito e o senhor precisa secar as botas, senão dona Mariana manda me arrancar as orelhas.

Uma garotinha muito arteira

Saíram dali rapidamente.

O cocheiro resolveu contar a Roberto o que sabia sobre aquela casa. E contou no jeito enrolado de falar dos escravos:

— É, patrãozinho, às vezes a gente sente medo e acha que vai morrer de susto, mas aí não morre. E quando não morre, começa a furungar na cabeça. E *vai se lembrando das coisas e, aí, tudo vai clareando.*

Roberto começou a prestar atenção no que dizia o escravo:

— A gente sempre tem explicação para tudo, mesmo para as coisas mais complicadas. Eu mesmo rezo para São Benedito e, aí, tudo clareia. Pois eu acho que sei o que aconteceu. Essa grinalda. A mocinha. Vou contar.

Timóteo encheu o peito de ar e continuou:

— Há tempos, um médico, um tal doutor Zenóbio, encasquetou de construir uma casa entre essas figueiras. Foi uma falação, o povo mais velho dizia que o lugar era enfeitiçado. Homem esquisito, mas bom de coração, ele cobrava o tratamento dos ricos, mas não cobrava dos pobres. De manhã, atendia os brancos lá na cidade; de tarde, cuidava dos pretos aqui no casarão, no meio do mato. Já meio velhusco casou com uma espanhola. E tiveram uma filha, uma garotinha muito arteira, de cara enferrujadinha de sardas, cabelo negro. De vez em quando, um negro caía de cama e eu pegava a carruagem do coronel e trazia o coitado até a casa do doutor Zenóbio para consultar. Vim aqui pela última vez pouco antes do incêndio. Muitas vezes eu trouxe o patrãozinho comigo. O patrãozinho era diferente do que é hoje. Era um menino sapeca e não parava quieto, tinha formigueiro no corpo.

Depois de soltar uma boa gargalhada, o cocheiro continuou:

— A gente vinha, como hoje, aqui na boleia. O

patrãozinho xingava os cavalos, e falava com todos que encontrava pelas ruas. Tempo bom aquele! Na noite da tempestade eu não me lembrei da casa do doutor Zenóbio porque estava azuretado com o jeito estranho dos cavalos. Além do mais, antigamente, entrava-se por outro caminho, bem antes dos eucaliptos. Olha, patrão, eu acho que a menininha do baile desembarcou na estrada só para me despistar, porque deve de ter me reconhecido.

Um tombo terrível

Timóteo suspirou fundo. E voltou a falar:
— É como lhe disse: eu vinha trazer os negros para o doutor ver e, enquanto a gente se consultava, o patrãozinho se botava a brincar com a filha do doutor e da espanhola. Era de se ver como corriam pela volta da casa e andavam pelo meio do arvoredo e como brincavam de cavalo de vassoura! Galopavam para um lado e para o outro, e os escravos que esperavam ser atendidos pelo doutor se divertiam porque formavam uma dupla muito linda — o patrãozinho e a garota do rosto enferrujado. Brincavam que brincavam! Uma vez uma negra velha mandingueira disse que formavam um bonito casal e que um dia iam se casar. Sempre que sabia que eu vinha para cá, o patrãozinho me pedia para vir junto a fim de brincar com a sinhazinha.
À medida que avançava a narrativa do cocheiro, Roberto revia cenas, sons, cheiros e cores do passa-

do. Um riso de menina... O perfume do capim depois da chuva. O sol forte cintilando no riacho entre as árvores. As cantorias arrastadas dos escravos.

    Roberto tinha uma pergunta a fazer a Timóteo, mas não a fez porque temia a resposta. Queria saber o que tinha acontecido com a pequena dos cabelos negros, a mesma que havia se transformado na moça deslumbrante com quem ele tinha passado aquelas horas maravilhosas no baile.

    Como que adivinhando a pergunta, o cocheiro prosseguiu com o relato:

    — Mas um dia, sem que os escravos percebessem, a menininha montou num cavalo e saiu a galopar pelos campos. De repente, caiu. Um tombo terrível! Ficou dias entre a vida e a morte; os pais dela feito loucos. Por fim, a pobrezinha morreu.

    Timóteo pigarreou e passou a mão pelos olhos úmidos:

    — O pobre do doutor Zenóbio se fechou em casa e não atendia mais nem rico nem pobre. Dizem que passava os dias no quarto da filha, desconsolado. A morte da sinhazinha foi uma coisa que a cidade sentiu muito. Todo mundo lamentava pelo doutor que tinha perdido sua única filha, pobre homem! Aos poucos, fomos nos esquecendo dele. Um ano depois de ter morrido a menina, a casa dele pegou fogo num dia de tempestade. E não se ouviu mais falar dele nem de sua mulher. Acho que morreram queimados, mas como não se encontrou nenhum corpo há quem diga que tocaram fogo na casa e que se foram por este mundo de Deus.

Dessas florzinhas aí

A carruagem se aproximava da cidade. Timóteo baixou o tom de voz:

— Eu só me lembrei do doutor Zenóbio e da sua filhinha no dia seguinte ao baile. Foi quando voltei à estrada em companhia do coronel. Olhei para o meio das árvores e vi a casa destruída. Aos pouquinhos, fui juntando coisa com coisa. Comecei a me lembrar do tempo antigo, do doutor Zenóbio, dos negros que eu trazia aqui, das brincadeiras do patrãozinho, da garotinha. Depois comecei a pensar sobre as coisas todas da noite do baile, do jeito assustado dos cavalos. Por fim, me concentrei na mocinha. Eu jurava que conhecia uma carinha igual àquela. E eu revirava na minha cachola, furungava para ver de onde me lembrava daquele rostinho, das sardas, dos cabelos negros, e, então, descobri tudo.

Timóteo fez o sinal da cruz:

— Mas fiquei calado, torcendo para o patrãozinho esquecer aquele baile, mas não esqueceu. E hoje, quando vi aquela grinalda de flores de laranjeira, tudo o que eu imaginava se confirmou. A guriazinha voltou do outro mundo só para ver o meu patrãozinho Roberto.

O rapaz não disse nada, mas uma lágrima rolou pelo rosto dele.

— É por isso que eu trago o patrãozinho aqui na boleia. É para sentir o sol na cara. A vida continua. Mas a vida tem dessas coisas estranhas que a gente não

entende. É o amor, dizem. O patrãozinho é jovem e está na época em que o coração fica meio doido. Parece que o amor não morre nunca. Sei lá. Diz o povo que o amor vence a morte. Quem sabe? Por isso a gente vai aqui na boleia sentindo o cheiro do campo, respirando fundo. Esse mundo é assim, tem a vida e tem a morte, e elas se misturam de vez em quando. Nada melhor que um dia depois do outro. A vida tem dessas. E Deus é maior.
    — O nome dela, Timóteo. Como é que ela se chamava? — quis saber o rapaz.
    — Tinha o nome dessas florzinhas do campo: Margarida.

Desafiando o motorista

    Ninguém piou uma só vez enquanto seu Vereveveco contava a impressionante história de amor entre Roberto Brasão e Margarida.
    O tempo todo ouvia-se apenas o leve ronronar do motor do velho ônibus. De quando em quando, nas subidas, ele rosnava. Mas na maior parte do tempo era como se a estrada e o motor estivessem combinados em ajudar o contador de casos.
    Mais para o final da história, de vez em quando, se escutava um soluço. E tinha muita menina fungando, chorosa.
    Nós, meninos, éramos obrigados a bancar os durões. Mas estávamos impressionados. Encolhidos de frio e de medo, sem ânimo nem para tirar as mãos dos bolsos. Mas, no fim, nos rendemos e esfregamos as mangas dos casacos nos olhos para limpar uma ou outra lágrima.

— Nunca na minha vida escutei uma história tão maravilhosamente romântica! — disse Alemoa Batata, a primeira a se manifestar. Sentada duas filas de banco à minha frente, a loirinha voltou-se para trás. Seus olhos azuis procuraram os meus: — O verdadeiro amor supera até mesmo a morte.

— Está comprovado cientificamente que os mortos podem voltar à terra para se aproximarem das pessoas que amaram — ensinou a Sabichona.

— A história é interessante. Mas eu estava preocupada mesmo com a possibilidade de esse ônibus capotar. Vocês viram quanta curva, quanta subida tenebrosa? — perguntou a Desmancha.

— Você nunca pensa em coisa boa, Carlota Maria? — indagou a Alemoa. — Você não sonha com um amor eterno?

Nós, os meninos, permanecemos calados, escutando a discussão delas. Não nos impressionava tanto o amor entre os dois jovens, mas sim o fato de ter a garota voltado do mundo dos mortos para rever seu amado.

Paulão foi o primeiro a reagir:

— Temos ainda uma hora de viagem pela frente. Vamos cantar, macacada!

Sob o comando dele, começamos a cantarolar. Iniciamos por aquela musiquinha dos dois indiozinhos que iam rio abaixo quando um jacaré se aproximou e o bote quase, quase virou, mas não virou. Paramos ao chegar a trinta indiozinhos.

O nosso negócio era desafiar o motorista, que havia pedido que não cantássemos canções idiotas. Mas o velho não se deu por achado. Dirigia muito concentrado: olhos fixos na estrada, cara quase rente ao para-brisa, pescoço enterrado entre os ombros.

As meninas não entraram na nossa. Caladas, sonhadoras, continuavam a lembrar detalhes do caso de amor entre Margarida e Roberto.

Da música dos indiozinhos passamos àquela dos elefantes que se balançavam numa teia de aranha e vendo que ela não rebentava foram chamar seus camaradas. Chegamos a vinte elefantes.

Alma penada, assombração e vampiro

Então, o frio se tornou ainda mais intenso.

— Maldito vento gelado! — resmungou a Sabichona. — Ele entra pelas brechas na lataria e faz a gente sentir mais frio do que realmente está. É a chamada sensação térmica.

— Esse ônibus mais parece uma geladeira — simplificou a Desmancha. — Tenho medo de morrer com o sangue congelado nas veias.

— A morte por congelamento é a mais angustiante de todas, disse o motorista lá na frente. E, num tom ameaçador, anunciou: — Ainda falaremos sobre isso.

O tranco sereno do ônibus, o ronco monótono do motor e a frialdade foram derrubando um por um todos os meus colegas. Acabei dormindo também.

Tive uns sonhos malucos,

aterrorizantes. Na verdade, pesadelos. Fui perseguido por assassinos que seguravam punhais afiados, despenquei em abismos, afoguei-me em areias movediças e corri da perseguição de um tigre.

Despertei com os pés congelados. Espiando pela janela, vi que estávamos em meio a uma paisagem estranha.

A neblina subira um pouco e a estrada serpenteava entre morros. Os campos eram verdes, mas havia grandes maciços de pedras escuras por todo lado. A grama era rala. Não havia árvores. Pensei na lua. Aquilo era como uma paisagem lunar. Não se via uma só vaca, mas, em compensação, havia centenas de ovelhas lanudas.

De repente, ao dobrarmos uma curva, vimos o imponente castelo da Pedra Fria.

Era assustador.

Construído no alto de uma rocha gigantesca, dotado de torres altas e pontudas, cercado por uma muralha altíssima, lembrava um castelo de filme de terror.

— Que prédio mais espantoso! — berrou o Mosca. — Garanto que ali dentro tem alma penada, assombração e vampiro...

Aquela frase não foi bem recebida pelas meninas, que soltaram uns gritinhos assustados.

— Não entro lá nem morta! — garantiu a Desmancha. E, decidida a resistir, cruzou os braços.

Nesse ponto, dona Rute levantou do banco e ficou de pé no corredor:

— Vamos deixar de bobagens! O museu que funciona aí dentro guarda grande parte da história do Rio Grande do Sul. Esse castelo foi submetido a muitos cercos, primeiro na Guerra dos Farrapos, em 1835; depois na Revolução Federalista, de 1893. Várias vezes foi sitiado, mas jamais foi invadido. Vários heróis lutaram aí, pelo nosso estado e pelo nosso país. Quero que vocês se portem respeitosamente lá dentro.

— Quem está gripado, como eu, pode assoar o nariz, professora? — perguntou o cretino do Paulão. Ele não perdia uma só oportunidade de aporrinhar dona Rute.

 ## Maldita excursão de colégio

O ônibus manobrou lentamente pela estradinha de pedra que conduzia ao estacionamento.

A viagem havia durado exatas duas horas. Enquanto desembarcávamos, seu Vereveveco se dirigiu à dona Rute:

— Professora, a senhora já contou para eles que na revolução de 1893 foram degolados trezentos e trinta e três guerrilheiros no salão principal desse castelo?

— Credo, seu Vereveveco, que coisa mais monstruosa! Eu nem sabia disso. E, se soubesse, nem contava!

— Pois é, dizem que o sangue escorria que nem um riacho por ali — acrescentou o motorista, apontando a escadaria do prédio.

— Se tinha tanto sangue assim, o povo devia escorregar nos degraus, não é? — quis informar-se o Mosca.

Vaias generalizadas responderam à pergunta dele.

— Que dia mais sombrio! — disse a Sabichona. — Esse nimbo não permite que se veja o céu.

— Ninho de quê? — interessou-se o Mosca.
— Nimbo! Falei nimbo, que significa nuvem cinzenta e baixa — explicou a Sabichona, irritada. — Que nojo, esses meninos não sabem de nada!
Anotei a palavra nimbo no meu caderninho. E olhei para cima: só havia nuvens de um cinza muito escuro, quase preto, que, de repente, foram retalhadas por um raio. Em seguida, um trovão fez tremer o chão debaixo dos nossos pés.
— Vamos entrar ligeiro, antes que tomemos um banho de água gelada! — comandou dona Rute.
Foi uma operação rápida e sem problemas, a não ser por uma derrapagem do Mosca nos degraus da escadaria. Impressionado com a história do sangue, o coitado escorregou escada abaixo, deslizando sobre a bunda magra.
Mal nos acomodamos no imenso saguão, desabou a tormenta. Que temporal! Trovões faziam vibrar as grossas paredes de rocha maciça, raios lançavam luzes azuladas pelos cantos mais escuros da peça.
De repente, com um rangido horrendo, uma porta se abriu e deixou passar uma verdadeira bruxa. Era uma mulher macérrima, alta e pálida, que vestia um casacão negro de lã que lhe chegava aos pés:
— Muito bom dia a todos! — disse numa voz raivosa, que nos desejava justamente o contrário. — O meu nome é Benedita. Dona Benedita. Sou a guia do castelo. Vocês terão apenas uma hora e meia para fazer a visita. Às onze e meia em ponto, fechamos para o almoço.
Mal ela concluiu a frase, ouvimos um estouro e se apagaram as poucas luzes amareladas que iluminavam a sala.
— Explodiu o gerador de novo! É sempre assim.

O espírito do general Roberto Brasão odeia estudantes — rugiu a mulher. — Toda vez que chega uma maldita excursão de colégio ele dá um jeito de pifar o gerador de energia.

As meninas soltaram uns suspiros fundos.

— Essa mulher não contribui em nada para melhorar o nosso astral — sussurrou, indignada, a Desmancha. Logo ela.

— Bico fechado, fedelha! — retrucou a bruxa Benedita. — Tenho ouvidos afiados. Há mais de trinta anos trabalho aqui e estou acostumada a captar a menor piada de qualquer aluninha metida a besta. Percebo qualquer grasnido!

Tem gente demais nesta sala

Até dona Rute, que não era das mais gentis, ficou intimidada com o jeito brusco da guia do museu, que anunciou em seguida:

— Vamos fazer essa visita a toque de caixa para podermos olhar tudo.

Dito isso, pegou de trás do balcão uma tocha enorme, fedendo a combustível, e meteu fogo nela. E desembestou pelo corredor. Fomos atrás.

Aproveitei aquela luz ruim para escrever no meu caderno de notas: grasnido.

— Estamos parecendo um bando de ovelhas assustadas correndo atrás de uma girafa — comentou Paulão, bem baixinho.

— E você é a ovelha negra, seu peste! — disse a feiticeira, sem se voltar.

Entramos no primeiro salão, onde havia armas de todos os tipos e épocas.

— Se tem uma área em que o homem é muito

criativo, é na fabricação de armas para destruir seus semelhantes — disse a nossa guia.

E em seguida se pôs a recitar a lição que vinha repetindo naqueles anos todos. Falava sem cessar. Tinha o texto na ponta da língua. Emendava nome de generais e de batalhas, datas e números de mortos, calibres de canhões e metralhadoras.

— Quando o castelo foi cercado pelas tropas do Império brasileiro, em 1840, mais de duzentas pessoas morreram de fome aqui dentro. Como não havia lugar onde enterrá-las, elas eram colocadas sobre as muralhas para serem comidas pelos urubus. Os que defendiam o castelo se alimentavam de ratos e baratas — contou Benedita, com visível satisfação. — Dizem que as almas de muitos desses mortos ainda andam por aqui.

Aquela afirmação nos deixou em pânico, mas só um teve coragem de pedir mais detalhes:

— Professora Benedita, a senhora, que trabalha há tanto tempo por aqui, certamente já deu de cara com algum fantasma, não é? — perguntou o idiota do Mosca.

A mulherona magra soltou uma risada horrenda. Jogou o corpo para trás, escancarou a boca e uivou como um lobo. Por fim, recompôs-se:

— Em resposta, pequeno asno, eu vou apenas lhe fazer uma pergunta. Quantos alunos são na sua turma?

— Trinta e três — apressou-se o Mosca em responder. — Mais a professora e seu Vereveveco, somos trinta e cinco.

A guia do museu ficou em silêncio por uns instantes. Ela parecia contar nossas cabeças, mas demorou-se demais nessa operação. Por fim, disse:

— Tem gente demais nesta sala. Contei no mínimo cinquenta cabeças.

Figuras horríveis nas paredes

A resposta dela, a terrível resposta dela, fez com que, automaticamente, nos apertássemos ao redor de dona Rute. Mas a professora estava tão apavorada quanto nós.

Só seu Vereveveco permaneceu afastado de nós, embora também parecesse alarmado. Durante todo o trajeto eu o havia observado bem. Ele escutava com atenção o que a guia dizia, não perdia uma só palavra, bebia com gosto o que a danada falava. De quando em quando, seus olhos corriam pelos cantos mais sombrios dos salões, e ele parecia se arrepiar.

Com meus botões, pensei: será que seu Vereveveco também vê essas outras pessoas que a guia disse estarem entre nós?

Depois daquela afirmação, a visita ganhou ainda maior velocidade. Como um rebanho compacto de cabritinhos, seguíamos, silenciosamente, atrás da bruxa. Fechando

a procissão, vinha seu Vereveveco, lançando olhares desconfiados para os lados.

— Essa mulher anda tão ligeiro quanto uma pedestrianista — sussurrou a Sabichona.

— Que bicho é esse? — perguntei.

— Pedestrianista é aquela gente que caminha se rebolando nas competições — explicou a sabe-tudo.

Anotei na minha cadernetinha: pedestrianista.

— O pior não é a velocidade — suspirou a Desmancha. — Como ela anda se sacudindo, a luz da tocha desenha umas figuras horríveis nas paredes.

A danada da azarenta tinha razão. A movimentação da tocha fabricava sombras assustadoras não só nas paredes, mas também no teto e no assoalho dos salões e corredores. Para evitar essas figuras — e as outras vinte almas penadas que, segundo Benedita, nos acompanhavam naquela vi-

sita —, eu concentrava meus olhos na chama.

Sempre depressa, passávamos de um salão a um corredor e, deste, a outro salão. Os corredores pareciam cada vez mais compridos, mais escuros e mais frios. Os salões eram cada vez maiores, mais gelados, mais sombrios e mais atravancados por canhões, uniformes, armaduras, espadas e bandeiras.

Finalmente, às onze e meia em ponto, estávamos de volta ao saguão, junto à porta de entrada do castelo.

— Espero que tenham aproveitado bem a visita, de modo que não precisem voltar tão cedo — disse Benedita, enquanto nos empurrava para fora.

Mal saiu o último aluno, ela fechou o portão.

Um olhar cheio de interrogações

Estávamos descendo a escadaria quando desabou uma chuvarada.

— O último no ônibus é mulher do padre! — berrou Paulão, por cima do estrondo dos trovões.

Embora seu Vereveveco já estivesse dentro do ônibus nos esperando com a porta aberta, formou-se uma aglomeração na hora de entrar. Acabamos todos molhados.

— Estou com uma fome fulminante — anunciou o Mosca, ao sentar no banco duro do ônibus.

— Se não comer nada dentro de poucos minutos, roerei o couro do assento — ameaçou Paulão.

— Estou me sentindo um picolé — disse a Alemoa Batata, sentando-se ao meu lado e sacudindo os cabelos úmidos. Estendeu a mão para mim e disse: — Veja como estou fria.

Peguei na mão dela. Não estava fria. Na verdade, pareceu-me quente. Muito quente. Queimava como ferro em brasa. Eu não sabia o que fazer com aquela mão de dedos delicados. Só não queria soltá-la. Nem sabia o que dizer.

Segurei a mão dela por um minuto, que me pareceu ser uma hora. Ficaria assim pela vida toda, mas tive de largá-la porque a Desmancha, que estava um banco à frente do nosso, virou para trás e espichou um olhar tão cheio de interrogações que eu me acovardei:

— Coloque sua mão no bolso que aquece — desconversei.

O restaurante do fim do mundo

— Depois dessa caminhada, vocês devem estar com muita fome — disse seu Vereveveco, quando todos já estavam acomodados. — Vamos almoçar no BBF.

— BBF quer dizer o quê, comandante? — indagou Paulão.

— O nome oficial é Bistrô Belle France — explicou o motorista. — Mas o que pegou mesmo foi o apelido: Boteco do Bife Frio.

— Onde ele fica? — perguntou o Mosca, o único entre nós que ainda tinha um pouco de curiosidade para gastar.

— O restaurante foi construído num lugar onde está sempre ventando: vento gelado no inverno, quentíssimo no verão — disse o motorista, mal sufocando um risinho irônico. — O BBF não precisa de geladeira no inverno nem de fogão no verão. Logo vocês entenderão o que eu quero dizer.

Saímos do castelo, enveredamos por uma estradinha e logo chegamos ao BBF. O restaurante havia sido construído entre dois morros de pedra. Seu Vereveveco apontou uma construção quadrada, achatada e imensa, e anunciou:

— Eis o fim do mundo, o lugar onde o vento faz a curva. É justamente aqui que o vento, meio de transporte preferido dos fantasmas e almas penadas, termina e recomeça sua eterna viagem.

— Esse troço parece não ter telhado — ponderou a Sabichona.

— Não tem mesmo — concordou o motorista. — Telha nenhuma resistiria ao vento que sopra aqui. Em cima tem uma laje, que vira chapa de fogão no verão e barra de gelo no inverno.

Desembarcamos.

— Que ventania! — gritou a Alemoa, enquanto tentava segurar a saia com as duas mãos.

Ela e todas as outras meninas lutavam desesperadas para não ficarem com as pernas de fora.

— Se o vento embolsa bem, garanto que a magriça da Desmancha sai voando que nem balão — comentou Paulão.

Depois de termos esperado, inutilmente, que uma lufada de vento levantasse uma menina — ou, pelo menos, a saia de uma delas —, nós, os meninos, gritando feito loucos, corremos para o restaurante.

— Portem-se com modos — gemeu dona Rute, antes de sentar-se, encolhida, tremendo de frio.

A fome é o melhor tempero

— Deus do céu, esse antro tem uns mil metros quadrados! — impressionou-se a Sabichona.

— Grande coisa! Está vazio — retrucou a Desmancha.

Não havia um só cliente no imenso salão, mas garçom tinha um que, por trás do balcão, nos observava com cara de poucos amigos. Depois que nos acomodamos, veio até nós, mancando. Tinha uma perna bem menor que a outra.

Sem dizer nada, parou perto de nós. Apontando com um dedo de unha suja, contou-nos, um por um. Depois, voltou-se na direção do balcão e gritou:

— Rango para trinta e cinco!

A seguir, anotou os refrigerantes que pedimos.

— Não temos nada fora do gelo — disse ele, e soltou um risinho cínico. — Quero dizer, mesmo que vocês peçam fora do gelo, os refrigerantes estão quase congelados. Entenderam?

— Traz logo a comida, Frankenstein! — comandou seu Vereveveco. — O pessoal está morrendo de fome.

— A fome é o melhor tempero — filosofou o empregado do restaurante. — Faz parecer gostosa até a pior gororoba do mundo.

Como ninguém estava disposto a conversar, esperamos calados a comida. Os otimistas sonhavam com bifes; os pessimistas lembravam do passeio pelo castelo. O silêncio só era quebrado pelos roncos de estômagos vazios.

— Que dia mais pavoroso! — explodiu a Desmancha, de repente. — Frio, vento e neblina. Um castelo escuro, uma guia mal-humorada, um banho de chuva, esse restaurante muquirana, um garçom debochado e, por fim, uma comida que não chega nunca.

Como se a tivesse escutado, o garçom apareceu arrastando um engradado com os refrigerantes. Ao pegar a minha garrafa, notei que o líquido estava quase empedrado. Girei a garrafa entre as mãos, mas, em vez de aquecer o refrigerante, acabei gelando os dedos.

Passado um tempão, o garçom ressurgiu trazendo, equilibrada no alto da cabeça, uma gigantesca e fumegante travessa de arroz. Na verdade, uma bacia de latão.

Manquejando terrivelmente, atravessou o salão. Depois de cada passo, lutava para se reequilibrar. E em seguida avançava. Outro passo trôpego. E nova batalha para se manter de pé. Assim, quando colocou a bacia diante de nós, ela não mais fumegava.

— Modos, pessoal! — berrou dona Rute, quando avançamos sobre o arroz. — Vocês parecem piratas esfomeados.

Paulão estava com tanta fome que preferiu usar a mão para servir-se.

— Paulo Hermógenes, você é um troglodita — xingou a professora.

Não resisti. Peguei minha caderneta para anotar: troglodita.

A cada nova travessa fumegante que surgia por cima da cabeça do garçom a gente recuperava a esperança. Mas o coitado era lento. E o vento, que entrava por debaixo da porta e pelas frinchas das janelas, era muito frio. Tudo chegava gelado na mesa.

Quando ele depositou a travessa de feijão diante de nós, imaginei ver pequenos cristais de gelo entre os grãos pretos. Ovos estrelados, bifes e batatas fritas também vieram em idênticas bacias de latão, frios.

— Vou buscar café quentinho para vocês — disse, por fim, o garçom, e se foi, rindo às gargalhadas.

Enquanto ele atravessava o salão, seu Vereveveco explicou:

— O problema maior do Frankenstein não é a perna esquerda, na qual ele levou um tiro de um cliente irritado. O que complica mesmo é a cachaça que ele precisa tomar para se aquecer. Como bebe bastante, gasta muito tempo e energia tentando se equilibrar a cada passo que dá.

Quando iniciamos a viagem de volta, o dia estava ainda mais triste, o frio mais implacável, a névoa mais espessa e o vento mais sibilante.

Antes que, por causa do estômago cheio, mergulhássemos na sonolência bovina das viagens, seu Vereveveco anunciou no microfone:

— Estamos agora nos dirigindo ao palacete do barão de Águas Escuras. Acho que vocês apreciarão muito mais o passeio sabendo um pouco da história daquela construção. Vamos a ela!

O barão Casmurro e a inglesinha

Tudo começou em mil oitocentos e poucos quando o barão de Águas Escuras foi passear em Londres.

Na capital inglesa, num baile, ele se apaixonou por uma mocinha muito bonita, chamada Agatha Newcastle.

O barão era uma figura sinistra. Tinha cara chupada, grandes sobrancelhas espetadas, nariz fino de bruxo, barbicha cinzenta de bode e olhos que lançavam faíscas negras. Credo!

Aos cinquenta anos, era podre de rico: dono de muitas fazendas e de milhares de cabeças de gado. Mas vivia sempre mal-humorado.

A bela Agatha, com quinze anos recém-completados, pertencia a uma das mais nobres famílias da

Inglaterra. Os Newcastle eram gente de muita fama mas de pouca grana.

No baile, apresentaram a bela jovenzinha ao barão emburrado e foi tiro e queda: ele se apaixonou na hora.

Nessa mesma época, por causa de umas dívidas de jogo, o pai de Agatha, John Newcastle, que era um beberrão de marca maior, estava prestes a ir para a cadeia.

Sabendo dos problemas financeiros do velho cachaceiro, o barão de Águas Escuras se mostrou disposto a pagar as contas dele. Mas deixou bem claro que só faria isso se lhe dessem a mão da garota em casamento.

O pai da mocinha, que era um cretino, aceitou as condições do barão. As duas coisas que John Newcastle mais queria naquela época eram: primeira, escapar do xilindró; e, segunda, continuar bebendo uísque aos baldes.

Assim, rapidamente foi realizada a festança de noivado.

Acontece, porém, que a menina Agatha, muito esperta para sua idade, disse que só se casaria com o barão no dia em que pudesse morar — no Brasil — num casarão idêntico ao de sua família, em Londres.

Ela achava que o barão jamais conseguiria construir num país distante e atrasado — no fim do mundo! — um palacete igual ao da família Newcastle em Londres.

Apaixonado, o barão aceitou essa condição. Uma semana depois da cerimônia de noivado, embarcou de volta ao Brasil.

Trazia consigo todos os projetos do palacete inglês e de todos os jardins que o cercavam. Viajavam com ele dois arquitetos, quatro engenheiros, vinte operários, cinco marceneiros e seis jardineiros. Os porões do navio estavam abarrotados com o material necessário para a construção.

Sete mortes misteriosas

Ao chegar ao Brasil, o barão ordenou o imediato início das obras e impôs um ritmo frenético de trabalho. Os ingleses, ajudados por operários brasileiros, trabalhavam vinte e quatro horas por dia, em dois turnos de doze. Dia e noite, sem parar. Sete dias por semana, sem respeitar domingos e dias santos. O barão prometia recompensá-los com muito dinheiro.

Mas a coisa não andou bem já no primeiro mês, quando um operário caiu de um andaime e arrebentou a cabeça numa pedra.

A segunda vítima foi um carpinteiro inglês que morreu com o peito esmagado debaixo de uma tora de madeira.

O terceiro defunto foi um jovem brasileiro, ajudante de pintor, que morreu asfixiado na sala onde eram guardadas as tintas.

Depois dessa morte, começou a falação pela cidade. Diziam que aquela construção, por algum motivo, era amaldiçoada.

A quarta vítima foi um pedreiro inglês, soterrado pela parede que estava levantando quando ela veio abaixo.

Foi nessa época que alguém notou — e espalhou sua descoberta pela cidade — que as mortes todas haviam ocorrido em noites de lua cheia. A população entrou em pânico.

Quem será a vítima da próxima lua cheia?

Essa era a pergunta que estava na boca de todas as pessoas.

Alguns trabalhadores brasileiros tentavam fugir do local, mas eram impedidos pelos capangas armados do barão. Os ingleses, que não tinham para onde escapar, tentavam espantar o medo enchendo a cara toda vez que podiam.

Apesar das mortes, a construção do palacete continuava a toque de caixa.

À noite, os aterrorizados operários trabalhavam à luz de velas, tochas e de fogueiras enormes. Vistos de longe — pelo povo assustado —, os empregados do barão pareciam demônios sem sono, andando sem paradeiro de um lado para outro no inferno.

A lua cheia seguinte chegou fazendo mais uma vítima. Foi um velho escravo que, ao cortar lenha para uma das tais fogueiras, misteriosamente feriu-se com uma machadada na virilha. Não teve jeito de salvá-lo. Esvaiu-se em sangue.

Aos domingos, depois da missa, o povo da cidade se reunia nas proximidades do palacete para observar os trabalhos e escutar as cantigas de piratas que os ingleses bêbados cantavam na sua língua de bárbaros. Essas músicas gelavam o sangue do zé-povinho.

Mas o mais inquietante estava guardado para o fim da obra. Os últimos dois homens morreram não se sabe de quê. Um num mês e o outro no seguinte, eles simplesmente apareceram duros no chão frio. Estavam os dois de olhos esbugalhados, bocas escancaradas: as caras retorcidas de pavor.

Pobre-diabo milionário

Na época se falou muito que esses dois últimos simplesmente morreram de susto ao darem de cara com uma aparição, uma alma penada, um fantasma maligno que morava no prédio quase concluído.

Os jornais diziam que as mortes tinham ocorrido porque o barão de Águas Escuras não parava sua obra nem mesmo nos domingos e dias santos, destinados ao descanso e à oração.

O certo é que em apenas sete meses ficaram prontos o casarão e o parque, idênticos aos modelos de Londres. Com uma só diferença: as árvores do parque ainda estavam baixinhas.

Terminadas as obras, o barão lotou um navio com seus beberrões ingleses e voltou a Londres. Lá, casou-se com Agatha Newcastle e, no dia seguinte, iniciou, com ela, a viagem de volta. A lua de mel seria no Brasil.

Acontece, porém, que a garota estava perdidamente apaixonada por um rapaz de dezesseis anos, o duque James de Benmoral, descendente de uma família tão falida quanto a dela. Mas foi obrigada a casar com o ricaço brasileiro para salvar seus pais da falência e da desonra.

Em nenhum momento da viagem para o Brasil Agatha deixou sua cabine. E não tocava nas refeições que eram servidas lá mesmo por sua velha ama. Alegava que estava enjoada com o balanço do navio.

A criada, que tinha visto Agatha crescer, apavorou-se com o rápido emagrecimento da garota. Mas, atendendo a um pedido dela, nada contou ao barão.

Na verdade, a menina estava morrendo.

Estava morrendo de tristeza por ter sido afastada do grande amor de sua vida — o gentil James. E por saber que nunca mais voltaria a vê-lo.

Fora obrigada a casar com um pobre-diabo milionário pelo qual não sentia nada, a não ser desprezo.

Na manhã do último dia de viagem, quando da amurada do navio já se via a terra brasileira, Agatha não atendeu aos pedidos da criada para que abrisse o camarote.

Ao arrombarem a porta, os marinheiros descobriram que a mocinha estava morta.

Desgostoso com a vida, o coitado do barão se fechou no palacete que havia construído para morar com sua paixão. Dali nunca mais saiu.

Na companhia de uns poucos empregados e de um sobrinho, viveu recolhido até o dia de sua morte, que só ocorreu muitos e muitos anos depois.

Espíritos não mudam de casa

Aquela história triste, que fez tremer o vozeirão rouco de seu Vereveveco, nos esmagou contra os bancos do ônibus. Deixou-nos de cabelo arrepiado.

— O motorista fez o que prometeu à dona Rute, quando disse que ia nos deixar de bico fechado. Ele simplesmente acabou com o nosso gás — comentou Paulão.

— Eu sinto é pena da baronesinha — disse a Alemoa Batata, encarando-me. — Ser obrigada a casar com quem a gente não ama deve ser pior do que morrer.

— Fiquei com mais peninha do barão — disse a Desmancha, voltando-se no banco e espichando seu pescoço comprido a fim de ver se eu havia pegado de novo a mão da Alemoa Batata. — Está certo que ele era feioso e velho, mas todos têm o direito de amar. E aquilo que ele fez, de se encerrar no casarão até morrer, foi muito romântico.

— Isso de romantismo é baboseira — intrometeu-se Paulão. — O mais interessante da história é a morte dos operários.

— Um defunto a cada lua cheia! É coisa de arrepiar até cabelo de sovaco! — exclamou o Mosca.

— Na minha opinião, os dois que morreram de olhos arregalados, no final, tinham visto uma assombração — palpitou a Desmancha. — Mas se eles viram mesmo um espírito...

Aí, ela fez uma longa pausa. Gostava de um suspense, a nariguda.

— Daí, o quê? — perguntou o Mosca, alarmado.

— Daí que esse tal espírito ainda deve estar no palacete. Espíritos são imortais e nunca mudam de casa.

Tremi dos pés à cabeça, mas, para disfarçar, virei o rosto e olhei para o campo ao lado da estrada. O que nos esperaria no palacete do barão de Águas Escuras?

O maravilhoso quarto da inglesinha

Visto de fora, o palacete do barão não impressionava. Era bem menor que o castelo de Pedra Fria, tinha paredes de pedra cinzenta e umas torres finas como agulhas.

Com a história do barão e da inglesinha ainda bem

fresca na mente, começamos a visita. Como não havia guia ali, dona Rute encarregou-se de ler um folheto com as informações.

Lentamente, percorremos as dezenas de salas guarnecidas com móveis e utensílios que o barão havia comprado na Inglaterra para receber sua esposa.

De novo as meninas caminhavam agrupadas ao redor de dona Rute, que lia em voz alta.

— Que coisa mais tétrica! — exclamou a Sabichona. — Por que não iluminam melhor essas peças, esses corredores?

Anotei mais aquela para a minha coleção: tétrica.

Paulão, Mosca e eu íamos um pouco mais afastados para aparentar que não éramos tão medrosos quanto os outros. Só para *aparentar*.

De vez em quando, a gente olhava meio de esguelha para os cantos mais escuros daqueles salões temendo dar de cara com um fantasma.

De tudo o que vimos, o que mais chamou a atenção das meninas foi o maravilhoso quarto da inglesinha.

— Vejam, ela tinha dezenas de bonecas de porcelana! Mas a minha coleção de bichinhos de pelúcia é ainda maior. Sempre que viaja, meu pai compra uns dois ou três bichinhos para mim — exibiu-se a Sabichona.

— Que lindas eram as bonecas antigas! — empolgou-se a Alemoa. — Tinham uma carinha tão ingênua!

— A cama é superfofa, deve fazer um mal danado para a coluna vertebral — palpitou a Desmancha, enterrando os dedos no colchão.

— Olha só! Que bonitos esses chinelinhos de seda! — emocionou-se a Alemoa. — A inglesinha devia ter o pé tão delicado!

— Esse chinelo não presta nem pra matar barata —

retrucou a Desmancha.

A Desmancha era uma peste, durona, mas as outras meninas eram sensíveis: estavam todas com os olhos úmidos quando deixamos aquele quarto.

Corram, pulem, gritem bastante

Saindo dali, pegamos o corredor que nos levaria de volta à entrada do palacete.

— Ainda bem que a visita está terminando sem que a gente tenha dado de cara com uma assombração — comentou o Mosca.

— Eu acho que me borraria nas calças se visse um.

— Duas ou três vezes, percebi uma sombra meio esquisita, fininha, meio encurvada para a frente. Acho que o barão esteve sempre conosco, durante toda a visita — disse Paulão.

— Esse garoto asqueroso está inventando isso só para assustar a gente — disse a Sabichona às colegas.

— Você não viu porque não quis, ficou o tempo todo agarrada na saia da professora — retrucou Paulão.

— Parem! Essa conversa está me deixando nervosa — resmungou a Alemoa.

De volta ao pátio do museu, dona Rute nos liberou para brincar nos jardins que circundavam o casarão:

— Corram, pulem, gritem bastante. Dou meia hora para vocês gastarem toda a energia que ainda tiverem. Ralem os joelhos, sujem os fundilhos, suem os topetes. Talvez assim não me incomodem tanto na viagem de volta.

Antes, porém, que saíssemos chispando como loucos, a professora gritou:

— Mas de maneira nenhuma vocês podem se enfiar

pelo meio do arvoredo.
— Por quê, professora? Tem assombração também por lá? — perguntou o Mosca.
— Não porque não! — berrou dona Rute. — Fui clara, Porfírio?
— Claríssima — respondeu ele.

A Gruta do Choro Eterno

De repente, a Alemoa me pegou pelo braço e me puxou para trás do ônibus. E, com ares de conspiradora, disse, em voz baixa:
— Sabe por que dona Rute não quer que a gente entre pelo meio do bosque?
— Não sei nem quero saber!
— Para não achar a Gruta do Choro Eterno.
— Que treco é esse? — perguntei.
— Nunca ouviu falar? É uma caverna que entra pela terra adentro. É uma espécie de labirinto onde foi enterrado o barão. Vamos até lá?
— Você está maluca, Alemoa?
— E você, está com medo?
— Medo de quê? — me exibi.
— Se não tem medo, então vem comigo — insistiu.
— Vamos — concordei, por fim. Há momentos em que um garoto, mesmo morrendo de medo, não pode dar o braço a torcer diante de uma garota. — Mas vamos ligeiro que eu quero voltar logo para brincar com a turma!
Se tivesse sido desafiado pela exibida da Sabichona ou pela chata da Desmancha, eu ficaria na minha. Mas, como Alemoa era a garota mais bonita da sala, topei. Todo garoto medroso aceita passar por covarde diante de uma

garota feiosa, mas até mesmo o mais bundão, como eu, enche-se de coragem quando a menina é linda.

— Para ninguém desconfiar, vamos fingir que estamos disputando uma corrida — sugeriu ela.

Inquieto por estar descumprindo uma ordem da professora, saí chispando atrás da minha colega.

Cem metros além, quando saímos do campo de visão dos nossos colegas, enveredamos pelo meio das árvores e começamos a caminhar a passos largos.

— Essa caverna tem algo de especial? — perguntei, bufando. Eu estava com dificuldade para respirar, pernas bambas.

— Daqui a pouco, você descobrirá — ela fez mistério.

— Não estou gostando nada deste lugar.

Onde estávamos as árvores eram muito próximas umas das outras. E muito altas. Lá em cima, os galhos se fechavam, impedindo a passagem dos raios de sol.

— Aqui dentro já é quase noite — foi o comentário dela.

— Não podemos demorar muito — falei, esperançoso de que minha colega desistisse da aventura. — Se a dona Rute descobre que viemos para cá ela pode nos punir. Imagina se nos dá uma suspensão? Falta só uma semana para as provas do semestre.

— Grande coisa! — retrucou a Alemoa. — Estou me lixando.

— Você não está preocupada porque sempre tira notas muito boas. Mas eu, que nunca passo de sete...

— Já estamos chegando — sussurrou ela. — Ali é a clareira.

— Ainda bem! Estou louco para sair dessa escuridão. Aumentamos as passadas.

Pior que a entrada do inferno

No meio de uma clareira aberta no arvoredo havia uma estranha construção que me lembrou uma casa de esquimós, mas com paredes escuras.

— Parece um iglu de barro — comentei.

— Foi construído pelos escravos do barão — explicou Alfonsina. — É uma imitação dos túmulos em que eram enterrados, antigamente, os reis da África.

— Carambola! — um arrepio de medo me percorreu os braços.

— A entrada fica do outro lado — disse tranquilamente a minha colega, e seguiu em frente.

— Meus pés estão pesando como se fossem de chumbo — lamentei. Mas, arrastando os sapatos nas folhas úmidas, fui atrás dela. — Meu preparo físico está péssimo.

— É aqui! — anunciou a menina.

Diante de nós, na parede de barro da construção, havia uma abertura estreita e baixa.

— Deve estar muito escuro aí dentro!

— Chega de papo furado. Vem! — retrucou ela, e foi se esgueirando buraco adentro.

Entrei também. Estávamos numa espécie de corredor muito estreito, cujos degraus desciam terra abaixo. Nossos ombros roçavam nas paredes de barro.

— Isso parece um labirinto! — exclamei.

— É pior do que um labirinto, porque as paredes, a cada volta, vão se afundando na terra.

Alfonsina seguiu em frente, firme. Fui atrás dela,

meio agachado, escorregando nos degraus, apalpando as paredes úmidas.

— Isso aqui é pior que a entrada do inferno — falei, e minha voz soou abafada.

— Dá para você fechar a matraca? — perguntou ela, parando de caminhar.

Calei o bico por uns instantes, mas isso não me ajudou em nada. A cada passada, me sentia com menos coragem. Ou com mais medo, tanto faz. Havia pouca luz e muito silêncio ali dentro. Eu nem ouvia mais o alarido dos passarinhos e o sopro do vento na copa das árvores lá fora.

— Vamos voltar, Alfonsina! — pedi.

— Fale baixo! — murmurou ela. — Se a gente fala alto, o som da nossa voz pode derrubar essas paredes. Aí, morremos soterrados.

— Eu volto daqui! — suspirei.

Mas ela espichou a mão para trás, pegou-me pelo blusão de lã e me arrastou:

— Que volta nada! Agora você vai comigo nem que seja até o centro da Terra!

Fui em frente, derrapando no chão embarrado. O ar tornava-se irrespirável. Úmido, pesado, quente. Eu suava na testa e o suor me entrava pelos olhos.

— Chegamos! — disse ela.

Uma beijoca na bochecha

Abri os olhos e não vi nada. Escuridão total.

Mas Alfonsina, prevenida, havia trazido uma caixa de fósforos.

Riscou um palito. Vi então que estávamos numa espécie de saleta minúscula com um teto tão baixo que tínhamos de ficar encurvados.

— Já vi tudo, vamos embora! — insisti, meio choroso.

— Escuta — disse ela, sempre me segurando pela manga. — Escuta, escuta!

Concentrei-me no som.

Era um barulho ruim de se escutar. Um zumbido rouco, arrastado, choroso, cheio de graves e de agudos. Para me acalmar, tentei arranjar uma explicação:

— Deve ser o som do vento entrando pela caverna.

— Que vento? Não há vento na clareira! E, se houvesse, não chegaria até aqui. Não parece mais um choro? — perguntou ela.

Por baixo da minha blusa, o suor congelou-se. A menina tinha mesmo razão.

— Parece choro, sim, mas quem estaria chorando? — perguntei.

— O barão. Ele foi enterrado aqui pelos escravos — respondeu Alfonsina, batendo com o pé na terra fofa. — Não teve nem um padre para rezar por ele! Por isso, a alma do coitado ficou presa para sempre nesta caverna. E continua chorando até hoje pela inglesinha. Não é romântico?

Em pânico, decidido a escapar dali imediatamente, tentei passar pelo lado de Alfonsina, mas não deu certo porque, naquele exato momento, ela também havia feito um movimento para entrar de volta no corredor. Ficamos entalados.

Eu forcejava, ela também. E a coisa não dava certo. O corredor era estreito. Ficamos muito juntos, meu rosto encostou no dela. Era uma pele muito macia, uma seda, cheirosa.

Senti um calorão. Um calorão que vinha do contato do meu corpo com o dela. Era também um calorão de vergonha — daquele que sobe pelo pescoço e nos torna vermelhas as bochechas — por estar a apertá-la contra a parede de barro. Eu já estava pensando em pedir desculpas quando... ela me deu um beijo.

Isso mesmo. Uma beijoca na bochecha. Não chegou a estalar, mas foi um beijo, juro.

Aquele era o primeiro beijo que eu recebia de uma garota e não estava preparado para ele. Ainda por cima, a menina mais linda da turma. Levei um susto. Eu tinha apenas doze anos. Meu coração disparou.

Aproveitando a escuridão, tasquei-lhe também um

beijo, que acabou pegando na ponta do nariz dela.

— Vamos sair daqui antes que essa caverna desmorone — convidou ela. E me empurrou.

Recuei um pouco e ela pôde subir as escadas, ágil.

— Vem ligeiro! — comandou.

Fui atrás, aos tropeções.

Quando deixei a caverna, Alfonsina já estava saindo da clareira, correndo.

— Espere por mim! — gritei. Mas ela nem se voltou. Eu estava sentindo uma coisa diferente. Era uma alegria misturada com espanto e medo. Não sei explicar. Era uma dor gostosa, como aquela comichão de formigueiro que dá no pé da gente. Esbaforido, corri atrás da minha colega.

Uma onda quente espalhava-se pelo meu peito, pelos meus braços e me tomava o corpo todo. Corri mais ligeiro do que se poderia esperar de um garoto gorducho. Aquela coisa quente era felicidade.

Devia ser por causa do beijo. E aquele beijo? Teria mesmo ela me beijado por querer? Ou teria sido por acaso? E o meu beijo no nariz dela, podia ser considerado um beijo válido?

Paulão vivia se exibindo, dizendo que beijava tudo quanto era garota. Já o Mosca jurava que nunca beijaria menina nenhuma na boca, por causa das bactérias que existem na saliva.

De minha parte, eu já estava querendo provar uma bicota, mas nunca imaginava que a minha primeira viria numa caverna escura. E justo com a garota mais deslumbrante da minha classe.

Por um bom tempo, corri firme pelo meio do bosque escuro, guiado pelo som dos passos de Alfonsina.

O pranto das almas penadas

Nossos colegas já estavam todos dentro do ônibus quando chegamos ao pátio, ofegantes e embarrados. Alfonsina ia uns dez metros na minha frente.

— Por onde andavam vocês, pedaços de diabos? — berrou dona Rute, que nos esperava à porta do ônibus. — Eu já estava pensando em chamar a polícia!

— A gente se perdeu correndo pelo meio das árvores — disse a cara de pau da menina. Usou uma vozinha bem melosa para ver se engambelava a professora.

— Mentira! Seu blusão está embarrado e não tem barro no tronco das árvores! Só por mentir dessa maneira, você merecia ser suspensa por uma semana, Alfonsina — engrossou a mestra. E, voltando-se para mim, ordenou: — Fale, Cândido Luís! Onde vocês se enfiaram?

Pescoços para fora das janelas do ônibus, nossos colegas nos observavam.

— Fomos até a Gruta do Choro Eterno, onde foi enterrado o barão — esclareci. Eu era incapaz de mentir.

— Que história maluca é essa? — espantou-se a professora, olhos cintilando de brabeza.

— É verdade, dona Rute — explicou Alfonsina, com uma voz ainda mais doce. — Fomos até a caverna onde se escuta o choro do espírito do barão.

— Credo em cruz! — suspirou a professora. E benzeu-se, muito assustada. Mas recuperou-se logo e, em voz alta, perguntou: — Vocês pensam que eu sou boba, Alfonsina e Cândido Luís?

Ficamos em silêncio. Queríamos que o assunto morresse por ali, sem que precisássemos falar de coisas que só interessavam a nós.

— A garotada tem um pouco de razão, dona Rute. Existe mesmo um choro permanente naquele buraco — intrometeu-se o motorista. — Mas tem um detalhe: quem chora lá embaixo não é o barão.

— Que negócio é esse, seu Vereveveco? — espantou-se a professora. — Não me diga que o senhor também acredita nesse tipo de coisa?

— Não se trata de acreditar ou não, professora. Eu já estive na gruta e lá escutei o choro de duas almas penadas.

Aproveitando o diálogo entre a professora e o motorista, Alfonsina e eu embarcamos. Nossos colegas receberam-nos em silêncio. Todos eles tinham ficado preocupados com o nosso misterioso desaparecimento. Eu estava com medo de que o Paulão fizesse alguma gozação conosco, que insinuasse um namoro entre nós, mas ele ficou de bico calado. Também temi que o Mosca fizesse uma pergunta idiota. Se naquela hora tivessem falado comigo, eu ficaria vermelho como um tomate e eles descobririam o nosso beijo.

Atravessamos o ônibus porque só havia dois lugares vagos no último banco. Sentamos lá.

— Vocês ouviram mesmo esse negócio que o Vereveveco falou? — indagou o Mosca, virando-se para nós.

— Claro! — enchi o peito. — É preciso ter muita coragem para descer até lá.

Ao meu lado, Alfonsina me olhou de sobrancelha levantada, como que perguntando: como é que você, que estava todo assustado, faz agora essa pose?

Acabamos com a pobre mulher

Pelo alto-falante, seu Vereveveco dirigiu-se a mim e a Alfonsina:

— Vocês aí no último banco, os dois embarrados, perceberam que são dois os gemidos?

Com os olhos no espelho retrovisor, ele nos observava.

— Claro! — apressei-me em confirmar.

Na caverna, eu estava assustado demais para perceber detalhes. Escutei um som estranho, um som assustador, e pronto! Mas respondi que sim, sem vacilar, só para impressionar os coleguinhas.

— Tem um berreiro mais grosso, que é o do rapaz; e tem um mais fraco, que é o da mocinha — voltou o motorista. — Os dois choros estão misturados, confere?

— Certíssimo — concordei.

— Cale a boca, Cândido Luís! — gritou-me dona Rute. De pé lá na frente do ônibus, a professora parecia disposta a vir até o fundo para apertar o meu pescoço. Olhos raiados de vermelho, cabelos desalinhados, a coitada estava com os nervos esfrangalhados por causa daquela visita ao museu.

— Dona Rute, permita que eu conte para essa garotada o caso dos namorados que morreram naquela caverna — pediu o motorista. — Garanto que eles ficarão quietos o resto da viagem. É como eu lhe disse: ou uma bela história de amor ou uma surra de chicote.

A professora não respondeu, mas ficou claro que aceitava o pedido do motorista. Toparia qualquer coisa para que não abríssemos mais o bico.

Enquanto ela se encaminhava para o seu banco, próximo ao motorista, Paulão me disse:

— Cara, o sumiço de vocês simplesmente acabou com dona Rute! Os nervos da pobre mulher estão em pandarecos. Estou até com peninha dela.

Seu Vereveveco deu a partida. Vagarosamente, manobrou no pátio do museu. E, guiando em baixíssima velocidade, ganhou a estrada.

Estava escuro, quase noite fechada, embora fossem apenas quatro da tarde. No céu, esboçava-se outra tempestade.

Então — de costas para nós, olhos atentos ao movimento dos carros, boca perto do microfone — o velho motorista contou a seguinte história:

O trágico amor de Virgílio e Bela

Há muitos e muitos anos, escuta-se uma choradeira interminável por lá. Daí que vem o nome: Gruta do Choro Eterno.

Dizem que o barão mandou seus escravos construírem aquela gruta para enganar o Diabo. Ele achava que o Tinhoso não conseguiria entrar ali para levar sua alma, quando, por fim, fosse enterrado.

A gruta tem o formato de uma concha, enfiada na terra. Parece que os reis africanos eram enterrados em túmulos como esse.

O barão não permitia que ninguém se aproximasse dali, mas, numa noite de tempestade, dois jovens apaixonados — Virgílio, de quinze anos, e Belinha, de catorze — foram os primeiros a entrar na gruta.

Vou contar como tudo aconteceu.

Os jovens namoravam escondido, contra a vontade das famílias deles. Bela era de uma família pobre, e o pai dela era um homem muito orgulhoso, que odiava os ricos.

O rapaz vinha de família endinheirada, e o pai dele era tão pão-duro que não sentava para não gastar os fundilhos das calças. O homem queria que Virgílio se casasse com moça de família rica, para aumentar ainda mais a fortuna deles.

Cansados das proibições dos pais, um dia os dois resolveram fugir. Num final de tarde, montados a cavalo, saíram a galope, cada um por um lado da cidade. Tinham acertado um encontro perto do palacete do barão.

Era noite fechada quando chegaram ao local do encontro. Parece que naquela época o barão ainda estava vivo. Pensaram em pedir alojamento, mas, com medo de serem descobertos, resolveram se esconder no bosque.

De repente, estourou a tempestade. Raios, trovões e uma chuva fria tocada a vento. Enquanto amarravam os cavalos nas árvores, vislumbraram a estranha construção. Correram para lá.

Felizmente, Bela havia lembrado de carregar vela e fósforos. Devagar, desceram pelos degraus escorregadios até o centro da gruta.

Pela primeira vez estavam verdadeiramente a sós. Havia a escuridão ali dentro e os trovões lá fora. Mas, como se amavam muito, logo eles se es-

queceram de tudo. Tinham muita coisa para contar um ao outro. Muitas juras de amor eterno para trocar.

Mil frases bobas

O tempo corria e eles nem percebiam. Fazia um frio danado lá embaixo e eles estavam molhados da cabeça aos pés, mas nem davam bola para os arrepios de frio.

De repente, ouviram uns barulhos esquisitos na entrada da caverna. Prestando atenção, escutaram uma voz horrível, metálica, esganiçada, que dizia:

— Pai nosso que estais no céu!

Ficaram assustados, pensando que poderia ser alguém que andasse atrás deles, mas estranharam que o sujeito não entrava na gruta. Ficava só na entrada, gritando:

— Pai nosso que estais no céu!

Podia ser um doido que costumasse usar aquele lugar como abrigo. Mas, felizmente, era um doido cristão, pois rezava o tempo inteiro:

— Pai nosso que estais no céu!

Aos poucos, os dois jovens foram se desligando da rezalhada. De longe em longe, pensavam que talvez já fosse hora de ir embora. Mas, como a tempestade continuava forte lá fora, e como o louco não arredava pé nem calava o bico, foram ficando.

Como os namorados não sentem o tempo passar, os dois não se cansavam de trocar aquelas frases bobas que todos os apaixonados carregam na ponta da língua.

A noite avançava e a tormenta foi ficando ainda mais brava. De quando em quando, trovões assustadores ecoavam dentro da gruta.

E, com a madrugada, veio o frio, que é sempre mais terrível no meio do arvoredo, no fundo das grutas.

Virgílio e Bela não podiam sair porque o louco permanecia na entrada da caverna gritando sem cessar:

— Pai nosso que estais no céu!

Virgílio e Bela não saíam porque nunca acabava o estoque de frases amorosas que tinham para trocar.

Pelo meio da madrugada, exaustos, acabaram adormecendo. Abraçados.

Debaixo da terra

Os pais da moça e do rapaz não dormiram a noite toda. Bem cedo, cada um pelo seu lado, saíram à procura dos filhos.

Seguindo as informações que receberam, foram para os lados do palacete do barão. Pelo meio da manhã, encontraram-se diante do casarão. De repente, um cachorrinho, que havia sido criado por Bela, começou a latir feito louco e correu para o meio do arvoredo.

Deteve-se diante da boca da gruta, mas continuou latindo. Perto dali os cavalos dos dois jovens continuavam a pastar, amarrados, lado a lado.

Junto à entrada da gruta, os dois pais encontraram um mendigo encolhido dentro de um barril.

— Você viu um jovem e uma garota? — perguntou o pai de Bela.

— São os donos daqueles cavalos — explicou o pai de Virgílio.

O mendigo, que tinha uns olhos esbugalhados de louco, retrucou:

— Não vou responder porque estou procurando meu próprio filho.

— Nós acharemos o seu filho depois — insistiu o pai da garota. — Mas, diga uma coisa: você sabe onde estão o rapaz e a moça?

Depois de uma longa pausa, o mendigo disse:

— Estão aí, debaixo da terra. Passaram a noite aí — disse o doido.

Os dois homens entraram na gruta.

No fundo dela, acharam seus filhos, dormindo, abraçados. Ao tocar em Virgílio, o homem sentiu que não poderia ralhar com ele.

O rapaz estava morto, gelado. A garota também.

Virgílio e Bela tinham morrido de frio. Ou de amor, sei lá.

O pai do rapaz foi o primeiro a sair, chorando desesperado. Nem ouviu quando o mendigo lhe disse:

— Veja como são as coisas! Enquanto o seu filho está aí embaixo, o meu filho está lá em cima — e apontou para a copa de uma árvore, onde estava um papagaio que, de repente, se pôs a esganiçar:

— Pai nosso que estais no céu! Pai nosso que estais no céu!

Fim de viagem com susto e xingamento

Enquanto seu Vereveveco narrava aquela história, lá fora a noite descia rapidamente.

Aproveitando o fato de estarmos na última fila, Alfonsina encostou o rosto no meu ombro. Eu tinha pegado na mão dela e, sem coragem de encará-la, olhava a paisagem triste que corria ao lado da estrada: campos mergulhados na neblina, vacas tristes e cavalos sonolentos junto às cercas. De longe em longe via-se uma luzinha perdida em meio aos campos e aos morros. Eram casas de agricultores.

Depois que o motorista encerrou a narrativa, ainda permanecemos em silêncio por alguns instantes, como que para assimilar a história. Alfonsina afastou-se de mim, soltou minha mão e apanhou um lenço para secar os olhos.

As meninas tentavam sufocar o choro para que nós, os meninos, não gozássemos delas.

— Olhem para os lados! — disse o motorista em voz alta.

Olhamos. O ônibus corria por um corredor de árvores altas.

— Foi aqui que parou a carruagem de Roberto Brasão. Esses são os tais eucaliptos.

Seu Vereveveco diminuiu a velocidade:

— Estão vendo aquelas árvores copadas, enormes, ali, à direita? São as figueiras-bravas. Observem bem que, no meio delas, tem uma parede escura.

Um novo arrepio de frio percorreu nossos corpos encolhidos dentro dos casacos de lã. Tivemos todos a mesma dúvida, mas só o imbecil do Mosca conseguiu formulá-la:

— Aquilo ali, por acaso, é a casa do tal doutor Zenóbio?

— Exatamente — respondeu o motorista.

— O danado do velho cronometrou a narração da história para que o fim coincidisse com nossa passagem por aqui! — resmungou a Sabichona.

Anotei para pesquisar depois no dicionário: cronometrou.

E o Mosca voltou a atacar:

— Como é que o senhor sabe todas essas histórias, assim, tintim por tintim, seu Vereveveco?

— É simples. O meu avô me contou tantas e tantas vezes essas histórias que os detalhes todos ficaram na minha cachola — respondeu o motorista.

— E esse seu avô, fazia o que na vida? — perguntou Paulão.

— Era escravo. Participou de muitas guerras ao lado do general Roberto Brasão.

— Do general Brasão? Ele deve ter ouvido a história do próprio general — concluiu a Sabichona.

— Não, o general não falava, nunca. O meu avô conhecia a história porque havia sido cocheiro da família Brasão. Chamava-se Timóteo.

Depois daquelas palavras, por muito tempo, reinou um silêncio pesado dentro do ônibus. Estávamos espantados com o fato de o avô de seu Vereveveco ter sido o escravo que acompanhou a triste história de amor do famoso general Roberto Brasão.

— Se a história de Roberto e Margarida é verdadeira, as outras também devem ser — opinou Alfonsina.

— Das histórias que seu Vereveveco contou, qual você achou melhor? — perguntei.

— Gostei de todas. Todas eram histórias de amor — respondeu ela.

Era noite cerrada quando o ônibus se deteve diante da escola.

Um a um, os alunos começaram a desembarcar. Alfonsina e eu estávamos no final da fila. Confesso que senti uma vontade louca de pegar na mão dela para que todos soubessem que estávamos namorando. Mas não tive coragem. Fiquei com medo das zombarias do Paulão. E das perguntas idiotas do Mosca. E das frases azedas da Desmancha. E da Sabichona, que certamente saberia todas as doenças que poderiam ser transmitidas de uma mão a outra.

Deixei que Alfonsina saísse na minha frente.

Calados, os estudantes iam desembarcando. Os pais, que esperavam na calçada, ficaram intrigados com aquele silêncio.

Quando desci, fui recebido pelo vozeirão irritado do meu avô:

— Você está embarrado dos pés à cabeça, Candinho! Esbodegou todo o uniforme da escola! Onde foi que você se enfiou, capeta em forma de guri? O que você fez? Tentou cheirar o sovaco duma cobra, por acaso?

Fim de viagem, começo de namoro

Ao escutar mais uma vez a fita com a gravação do depoimento de seu Vereveveco, notei que ele se referia a Alfonsina como "aquela loirinha de olhos azuis, linda como uma flor".

Confesso que, no meio de tantas boas recordações, a de Alfonsina Krull é, para mim, a mais preciosa. A Alemoa Batata foi a minha primeira namorada, o meu primeiro amor.

Namoramos durante três anos, até que o pai dela, que era militar, foi transferido de cidade. Foi um namoro que começou embalado pelas histórias de seu Vereveveco e que cresceu entre beijos furtivos nas matinês de domingo no cine Capitólio.

Muitas e muitas vezes, à noite, deitado de costas, olhando o forro do meu quarto na casa de vovô, eu imaginava para nós dois um final semelhante ao de Virgílio e Bela. Por exemplo, havia um incêndio na casa de Alfonsina. Eu tentava salvá-la, mas acabávamos morrendo juntos entre as chamas.

Quando iniciou o namoro, ela era bem mais alta que eu, mas, depois, acabei ficando um pouquinho mais alto que ela. Quando fiz catorze anos recebi dos pais de Alfonsina autorização oficial para namorá-la. Assim, aos domingos, depois do cinema, podíamos conversar de mãos dadas junto ao portão da casa dela.

Por horas, que corriam ligeiras como minutos, conversávamos. Quero dizer, trocávamos juras de amor eterno. Quando começava a escurecer, eu me enchia de coragem e roubava um beijo atrás do outro. Mas tinha um medo louco de ser descoberto pela mãe dela. A velha era uma fera!

Depois da bonança sempre vem a tempestade. Assim, após o furacão de beijos, chegava a hora de voltar sozinho para casa, atravessando ruas mal iluminadas. Então, eu saía apressado. Às vezes, tinha a impressão de estar sendo seguido por uma linda moça de vestido vaporoso que trazia uma grinalda de flores de laranjeira por cima dos cabelos negros. Aí, corria desembestado pelas ruas desertas até a casa de meu avô.

ARQUIVO PESSOAL

𝓛ourenço Cazarré nasceu em Pelotas, no Rio Grande do Sul, em 1953. Estudou Direito na Universidade Federal e Jornalismo na Universidade Católica, ambas em Pelotas. Formado em Jornalismo, mudou-se para Florianópolis (SC) em 1976 e, no ano seguinte, para Brasília, onde vive até hoje. Publicou seu primeiro livro em 1981. No ano seguinte, venceu a I Bienal Nestlé, na categoria romance. Em 1984, tornou a vencer a II Bienal, na categoria contos. Em sua carreira literária, tem acumulado vários prêmios, alguns deles de expressão nacional, como o Prêmio Jabuti de 1998, pela novela juvenil *Nadando contra a Morte*.

Lourenço Cazarré acredita que a principal função do escritor de livros juvenis deve ser despertar nos adolescentes a paixão pela leitura: "Sou um contador de histórias. Gosto que meus jovens leitores mergulhem no mundo que crio para eles, quero que se divirtam, que riam, que chorem, que sintam medo. Quero que, por algumas horas, se afastem de suas tarefas cotidianas para viver intensamente as aventuras e desventuras dos meus personagens. Quero que descubram – em meio a este mundo barulhento e caótico – o quanto é maravilhoso se entregar à silenciosa felicidade da leitura".

Sobre o ilustrador:

Gizé desde criança pensava em ser artista. Seus cadernos de escola eram recheados de desenhos que fazia durante as aulas. Em quase vinte anos de carreira, já ilustrou vários livros infantojuvenis. Com a palavra, o ilustrador: "Em matéria de desenhos e ilustrações, já fiz de tudo um pouco; só falta escrever um livro".

COLEÇÃO JABUTI

- 4 Ases & 1 Curinga
- Adeus, escola ▼◆▥☒
- Adivinhador, O
- Amazônia
- Anjos do mar
- Aprendendo a viver ◆⌘■
- Aqui dentro há um longe imenso
- Artista na ponte num dia de chuva e neblina, O ✻★✢
- Aventura na França
- Awankana ✎☆✢
- Baleias não dizem adeus ✻▭✢○
- Bilhetinhos✪
- Blog da Marina, O✢✎
- Boa de garfo e outros contos ◆✎⌘✢
- Borboletas na chuva
- Botão grená, O ▼✎
- Braçoabraço▼℞
- Caderno de segredos ❏◎✎▭✢○
- Carrego no peito
- Carta do pirata francês, A ✎
- Casa de Hans Kunst, A
- Cavaleiro das palavras, O ★
- Cérbero, o navio do inferno ▭☑✢
- Charadas para qualquer Sherlock
- Chico, Edu e o nono ano
- Clube dos Leitores de Histórias Tristes ✎
- Com o coração do outro lado do mundo ■
- Conquista da vida, A
- Contos caipiras
- Da costa do ouro ▲✢○
- Da matéria dos sonhos ▭☑✢
- De Paris, com amor ❏◎★▭⌘☒✢
- De sonhar também se vive...
- Debaixo da ingazeira da praça
- Delicadezas do espanto ✪
- Desafio nas missões
- Desafios do rebelde, Os
- Desprezados F. C.
- Deusa da minha rua, A ▭✢○
- Dúvidas, segredos e descobertas
- É tudo mentira
- Enigma dos chimpanzés, O
- Enquanto meu amor não vem ●✎✢
- Espelho maldito ▼✎⌘
- Estava nascendo o dia em que conheceriam o mar

- Estranho doutor Pimenta, O
- Face oculta, A
- Fantasmas ✢
- Fantasmas da rua do Canto, Os ✎
- Firme como boia ▼✢○
- Florestania ✎
- Furo de reportagem ❏✪◎▭℞✢
- Futuro feito à mão
- Goleiro Leleta, O ▲
- Guerra das sabidas contra os atletas vagais, A ✎
- Hipergame ᨆ▭✢
- História de Lalo, A ⌘
- Histórias do mundo que se foi ▲✎✪
- Homem que não teimava, O ◎❏✪℞○
- Ilhados
- Ingênuo? Nem tanto...
- Jeitão da turma, O ✎○
- Lelé da Cuca, detetive especial ☑✪
- Lia e o sétimo ano ✎ ■
- Liberdade virtual ✎
- Lobo, lobão, lobisomem
- Luana Carranca
- Machado e Juca ✝▼●☞☑✢
- Mágica para cegos
- Mariana e o lobo Mall ▭✢
- Márika e o oitavo ano ■
- Marília, mar e ilha ▥➤✎
- Mataram nosso zagueiro
- Matéria de delicadeza ✎☞✢
- Melhores dias virão
- Menino e o mar, O ✎
- Miguel e o sexto ano ✎
- Minha querida filhinha
- Mistério de Ícaro, O ✪℞
- Mistério mora ao lado, O ▼✪
- Mochila, A
- Motorista que contava assustadoras histórias de amor, O ▼●▥✢
- Muito além da imaginação
- Na mesma sintonia ✢■
- Na trilha do mamute ■✎☞✢
- Não se esqueçam da rosa ♠✢
- Nos passos da dança
- Oh, Coração!
- Passado nas mãos de Sandra, O ▼◎✢○
- Perseguição

- Porta a porta ■▥❏◎✎⌘✢
- Porta do meu coração, A ◆℞
- Primavera pop! ✪▭℞
- Primeiro amor
- Que tal passar um ano num país estrangeiro?
- Quero ser belo ☑
- Redes solidárias ◎▲❏✎℞✢
- Reportagem mortal
- Riso da morte, O
- romeu@julieta.com.br ❏▥⌘✢
- Rua 46 ✝❏◎⌘✢
- Sabor de vitória ▥✢○
- Saci à solta
- Sardenta ☞▭☑✢
- Savanas
- Segredo de Estado ■☞
- Sendo o que se é
- Sete casos do detetive Xulé ■
- Só entre nós – Abelardo e Heloísa ▥■
- Só não venha de calça branca
- Sofia e outros contos ☺
- Sol é testemunha, O
- Sorveteria, A
- Surpresas da vida
- Táli ☺
- Tanto faz
- Tenemit, a flor de lótus
- Tigre na caverna, O
- Triângulo de fogo
- Última flor de abril, A
- Um anarquista no sótão
- Um balão caindo perto de nós
- Um dia de matar! ●
- Um e-mail em vermelho
- Um sopro de esperança
- Um trem para outro (?) mundo ✖
- Uma janela para o crime
- Uma trama perfeita
- Vampíria
- Vera Lúcia, verdade e luz ❏◆◎✢
- Vida no escuro, A
- Viva a poesia viva ●❏◎✎▭✢○
- Viver melhor ❏◎✢
- Vô, cadê você?
- Yakima, o menino-onça ᨆ○
- Zero a zero

- ★ Prêmio Altamente Recomendável da FNLIJ
- ☆ Prêmio Jabuti
- ✻ Prêmio "João-de-Barro" (MG)
- ▲ Prêmio Adolfo Aizen - UBE
- ➤ Premiado na Bienal Nestlé de Literatura Brasileira
- ☞ Premiado na França e na Espanha
- ☺ Finalista do Prêmio Jabuti
- ᨆ Recomendado pela FNLIJ
- ✖ Fundo Municipal de Educação - Petrópolis/RJ
- ✪ Fundação Luís Eduardo Magalhães
- ● CONAE-SP
- ✢ Salão Capixaba-ES

- ▼ Secretaria Municipal de Educação (RJ)
- ■ Departamento de Bibliotecas Infantojuvenis da Secretaria Municipal da Cultura de São Paulo
- ◆ Programa Uma Biblioteca em cada Município
- ❏ Programa Cantinho de Leitura (GO)
- ♠ Secretaria de Educação de MG/supletivo de Educação de Jovens e Adultos - Ensino Fundamental
- ☞ Acervo Básico da FNLIJ
- → Selecionado pela FNLIJ para a Feira de Bolonha/96
- ✎ Programa Nacional do Livro Didático

- ▭ Programa Bibliotecas Escolares (MC
- ᨆ Programa Nacional de Salas de Leitu
- ▥ Programa Cantinho de Leitura (MG)
- ◎ Programa de Bibliotecas das Escolas Estaduais (GO)
- ✝ Programa Biblioteca do Ensino Médio (
- ⌘ Secretaria Municipal de Educação de S Paulo
- ☒ Programa "Fome de Saber", da Faap (
- ℞ Secretaria de Educação e Cultura da Bah
- ☒ Prefeitura de Santana do Parnaíba (SP
- ○ Secretaria de Educação e Cultura de Vitória

editora scipione

Roteiro de Trabalho

Ilíada
Homero • Adaptação de José Angeli

A Ilíada é o mais antigo documento da civilização helênica conhecido até agora. Por intermédio dessa fabulosa obra, que narra a saga de duas nações em guerra, pode-se ter um inestimável entendimento da Grécia antiga e dos povos que faziam parte do mundo de então.

IDENTIFICANDO OS PERSONAGENS

1. Abaixo estão alguns dos principais personagens envolvidos na guerra de Troia. Marque, ao lado de cada nome, G para grego e T para troiano:

( ) Heitor   ( ) Ulisses

3. Relacione os deuses com as descrições correspondentes à direita. Em seguida, ao lado do nome de cada divindade, indique se apoiava os gregos (G) ou os troianos (T).

a) Afrodite   ( ) ( ) Deus do Sol, carregava um arco e flecha

RELEMBRANDO A HISTÓRIA

1. A vingança de Éris por não ter sido convidada para o casamento de Tétis e Peleu foi lançar sobre as outras deusas o "pomo da discórdia". O que era esse pomo? Qual foi a discórdia que ele causou?

_____
_____
_____
_____

2. Como a disputa pela posse do pomo da discórdia parecia não ter fim, os deuses resolveram chamar um mortal para resolver a questão.

a) Quem foi o mortal escolhido? Que deusa ele elegeu como a mais bela?

_____
_____

_____
_____
_____

5. Aquiles, o mais bravo dos guerreiros gregos, participou da guerra durante nove anos, até que se desentendeu com o líder Agamenon. Qual foi o motivo da briga?

_____
_____
_____
_____

6. O que aconteceu na primeira vez que Páris participou da luta?

_____
_____
_____
_____

9. Por que Aquiles fez as pazes com Agamenon e retornou ao combate?

_____
_____
_____
_____

10. Depois que Aquiles retornou à guerra, Zeus mudou de ideia e permitiu que os outros deuses ajudassem seus favoritos. As divindades tiveram um papel fundamental nos eventos que ocorreram em seguida.

   a) Como Palas Atena interferiu no episódio da morte de Heitor?

   _____
   _____
   _____
   _____

   b) Qual foi a interferência de Apolo no episódio da morte de Aquiles?

REFLETINDO UM POUCO

1. Percebe-se que os heróis da *Ilíada* são definidos principalmente por sua honra. Quando Aquiles retornou à batalha, por exemplo, ele se preocupou mais em vingar a morte de Pátroclo, causada pelos troianos, do que com os tesouros que Agamenon lhe havia oferecido. Seu maior objetivo era preservar a honra do amigo.

Com base nisso, responda às seguintes questões:

   a) Quais as principais diferenças de caráter entre Heitor e Páris?

   _____
   _____
   _____
   _____
   _____
   _____

   b) Por que Heitor desrespeitou os deuses quando tirou de Pátroclo a armadura de Aquiles?

2. A interferência dos deuses foi fundamental na *Ilíada*. Sem ela, a guerra de Troia sequer teria acontecido. Eles interagiam constantemente com os humanos, e muitas vezes eram interesseiros, defendendo um dos lados envolvidos na batalha até por vaidade (Palas Atenas, por exemplo, apoiou os gregos porque Páris não a escolhera como a mais bela). Assim, os interesses individuais dos deuses gregos causaram grande impacto sobre a vida dos mortais.

Pensando nisso, pesquise as diferenças entre a religião grega e alguma outra religião (catolicismo, judaísmo, islamismo, candomblé etc.).

_____
_____
_____
_____
_____
_____

4. Na *Ilíada* está a origem de algumas palavras e expressões utilizadas até hoje.

a) Explique o significado destas expressões:

- Pomo da discórdia

_____
_____
_____

- Calcanhar de Aquiles

_____
_____
_____

- Agradar a gregos e troianos

_____
_____
_____

_____
_____

3. Toda a ação da *Ilíada* é centrada nos homens, que combatem na guerra. Como as mulheres são retratadas no livro?

_____
_____
_____
_____
_____
_____
_____
_____
_____
_____
_____

b) Você conhece a expressão "presente de grego"? O que significa? De qual episódio da *Ilíada* ela se originou?

_____
_____
_____
_____
_____
_____
_____

4 Roteiro de Trabalho

c) Qual foi a ofensa praticada por Aquiles à honra de Heitor depois de matá-lo?

Roteiro de Trabalho 3

3. Como a briga pelo pomo da discórdia acabou causando a guerra de Troia?

4. Quando os gregos conquistaram e saquearam a cidade de Tebas, raptaram a jovem Criseida. Seu pai, o sacerdote Crises, ofereceu tesouros a Agamenon, rei da Grécia, em troca da filha. Esse rei recusou a oferta, e isso trouxe uma desgraça para os gregos. O que aconteceu?

tomar uma atitude. O que ele fez? Com qual dos oponentes esse deus colaborou?

8. Poseidon e Hera resolveram desobedecer a Zeus e interceder na guerra em favor dos gregos. Em que resultou essa intervenção? Qual foi a reação do deus dos deuses ao ver esse resultado?

( ) Agamenon ( ) Eneias

( ) Páris ( ) Pátroclo

2. Você reparou que nesta história há dois guerreiros chamados Ajax? Releia os capítulos "O duelo entre Heitor e Ajax" e "Os navios gregos" e cite a diferença entre eles.

_____
_____
_____
_____
_____
_____

b) Apolo ( ) ( ) Deusa da sabedoria e das artes.

c) Ares ( ) ( ) Artesão e ferreiro dos deuses.

d) Ártemis ( ) ( ) Uma das deusas do mar; mãe de Aquiles.

e) Hefesto ( ) ( ) Mensageiro dos deuses, tinha asas nos pés.

f) Hera ( ) ( ) Deus do mar.

g) Hermes ( ) ( ) Deusa do amor e da beleza.

h) Palas Atena ( ) ( ) Deus da guerra.

i) Poseidon ( ) ( ) O deus dos deuses.

j) Tétis ( ) ( ) Deusa dos bosques e da caça.

k) Zeus ( ) ( ) Esposa de Zeus.